A SONG OF
WRAITHS AND RUIN

ズィーラーン国伝 II

王の心臓

ローズアン・A・ブラウン 作
ROSEANNE A. BROWN

三辺律子 訳
RITSUKO SAMBE

評論社

A SONG OF WRAITHS AND RUIN

BY ROSEANNE A. BROWN

Japanese translation rights arranged with Roseanne Brown
c/o Nelson Literary Agency, LLC, Colorado, through Tuttle-Mori Agency, Inc., Tokyo

Published by arrangement with HarperCollins Children's Books, a division of HarperCollins Publishers, New York through Tuttle-Mori Agency, Inc., Tokyo

装画
Naffy

装丁
カワチコーシ
(HONA DESIGN)

王の心臓

ズィーラーン国伝Ⅱ

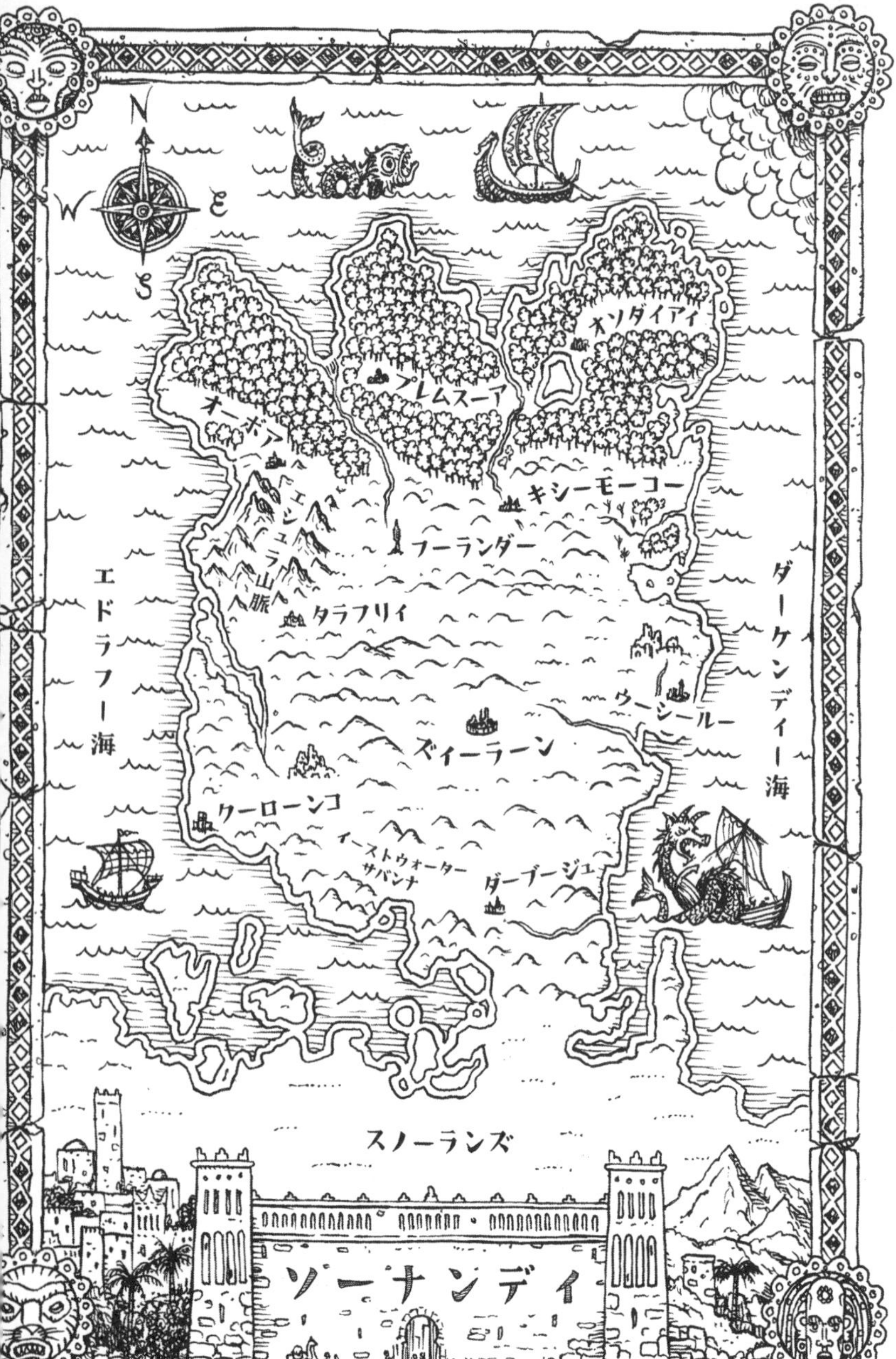
N
W
E
S
オーボア
プレムスーア
オソダイアイ
キシーモーコー
エシュラ山脈
フーランダー
タラフリイ
エドラフー海
ダーケンディー海
ウーシールー
ズィーラーン
クーローンコ
イーストウォーター
サバンナ
ダーブージュ
スノーランズ
ソーナンディ

主な登場人物

クサール・アラハリ（宮殿）の人々

カリーナ・ゼイナブ・アラハリ……ズィーラーンの王女。現女王《スルタナ》の一人娘、「たったひとりの生き残ったほうの娘」だが、女王《スルタナ》になる気はない。

ハイーザ・サラヘル・アラハリ（ハヤブサ）……カリーナの母。ズィーラーンの女王《スルタナ》。民の尊敬を集めるすぐれた統治者。

ファリード・シーバーリー……クサール・アラハリの家令で、女王《スルタナ》の相談役。両親と早くに死に別れ、クサール・アラハリで育った。カリーナにとって兄のような存在。

ハナーネ・アラハリ……ズィーラーンの王女。カリーナの姉。十年前、クサール・アラハリで起きた火事によって亡き人となった。ファリードの想い人。

アミナタ（ミナ）……カリーナの侍女。小さいころからいつも一緒で、幼なじみのような存在。

ハミードゥ司令官……近衛兵の指揮官。二代の女王《スルタナ》に仕えてきた。

ソルスタシアの勇者

マリク・ヒラーリー……エシュラの民。紛争に疲弊した故郷を逃れ、ズィーラーンにやってきた。イディアにさらわれた妹を救うため、魔法を使って〈生命〉の勇者となる。

アデトゥーンデイ・ディアキテイ……〈水〉の勇者。名家の出身。マリクの初めての友。カリーナの元恋人。

ドリス・ロザーリ……〈太陽〉の勇者。名家の出身。祖母は、前回のソルスタシアの勝者。

デデレイ・ボチエ……〈火〉の勇者。砂船団で砂漠を旅し、貿易業で名を成した一族の娘。ワカマの名手。

ビントゥ・コンテ……〈月〉の勇者。ズィーラーン大学の優秀な学生。

カリール・アルターイブ……〈風〉の勇者。

ジャマル・トラオレイ……〈地〉の勇者。

その他

レイラ・ヒラーリー……マリクの姉。しっかり者。

ナディア・ヒラーリー……マリクの妹。ズィーラーンに入る代償として、イディアに連れ去られた。

エファ・ボーアテン……アークェイシー大使の娘。ンクラの秘密を握る。

イディア……大蛇の神霊《オボソム》。

ニェニー……不思議な力をもつ語り部《グリオ》。

バイーア・アラハリ……奴隷だったが、ケヌア帝国の圧政から民を解放し、新しい国「ズィーラーン」を興し、初代女王《スルタナ》となった伝説の人物。カリーナの祖先。

〈顔なき王〉……バイーア・アラハリの夫。ケヌア帝国に寝返ったため、裏切り者とされ、ズィーラーンの歴史が描かれる際も、その顔が描かれることはない。

第1章　マリク

彼女は彼の手中にあった。

マリクは一時間近くも、カリーナ王女とふたりきりだった。触れるほど、近くにいた。実際に、触れたのだ。服の裂け目をかがっているときに、何度も指先がかすったのだから。

〈大いなる女神〉は王女を殺すチャンスを、まさに銀の盆にのせて差し出したのだ。なのに、それに気づきもせずに、マリクは盆を放り投げてしまった。

今、マリクはほかの勇者たちと競技場の観客席に立ち、血だらけのカリーナ王女を見つめながら、たった今、目の前で起こったことを飲みこもうとしていた。

「付き合っているときも、王女はあんなだったの？」もう十分以上もつづいている大歓声のなかで、マリクはトゥーンデにたずねた。

「少しちがうかな」トゥーンデは、カリーナの一挙一動を目で追いながら、賛美の響きを含んだ声で答えた。

さまざまな噂話《うわさばなし》で耳にした、いい加減でだらしないというカリーナ像と、昨日の夜いっしょにいた少女とは、まったく重ならなかった。昨日の少女は、見知らぬ他人を救い、自分の命を賭して暴動を終わらせようとしたのだ。

そして、そのどちらのイメージも、今、競技場をあとにする少女とは重ならなかった。

自分とデデレイの血に染まって歩いていくカリーナ王女とは。

だが、なによりもマリクの心を乱したのは、もはやカリーナが、頭のなかにいるだけの標的ではなくなったことだ。今では、彼女が縫物ができないことも、子どものころからひどい片頭痛に悩まされていることも知っている。暖かい日に吹くひんやりとした風のように笑うことも、なぞなぞが苦手なことも、知ってしまったのだ。

カリーナ王女は血肉の通った人となった。頭のなかに思い描いている標的を殺すだけでも、かなりの勇気が必要だ。実際の人間を殺すなんて、できるだろうか。

やがて、きれいな服に着替えたカリーナがもどってきた。髪はまだ、うしろで束ねたままだ。マリクはすっかり彼女に気を取られていたので、大神官が勇者たちに降りてくるよう手招きしているのに気づかなかった。

「いくぞ！」トゥーンデに押され、マリクはわれに返った。第二の試練が始まるのだ。

勇者たちはぞろぞろと競技場に入っていったが、カリーナのときのような大きな拍手は起きなかった。マリクは顔をしかめた。マリクとカリーナの目が合い、カリーナの目がハッとしたように見開かれた。その瞬間、不意を突くという、唯一の有利な点すら消え失せた。カリーナの表情が一瞬、暗くなったが、またすぐに笑顔にもどり、観衆のほうをむいた。

「遅れてごめんなさい。ちょっと身だしなみに時間がかかって」観客がまた、沸き返る。昨日の夜、王家にむけられていた辛辣な視線は消え、純粋な賛美に取って代わられていた。王女は、都じゅうの人々の前で自らの力を証明してみせたのだ。

「昼食にいくまえに、第二の試練の規則を発表しないとね！」

カリーナがパンと手を叩《たた》くと、召使いがふたり、巨大な木箱の載った台車をしずしずと押してきた。

「祖母なるバイーアは、囚《とら》われた神々を救う旅の最中、九つの頭を持つガゼル、ヤビシーの領土を通らなければならなかった。祖母なるバイーアが通らせてくださいと願うと、ヤビシーは言った。『わたしは長いあいだ生きてきて、星々が自分の名を忘れ、太陽が月と会うために振りむく姿すら目にした。だが、そんな長い生のあいだ一度たりとも、この九つの頭すべてが喜ぶほどのものは、見たことがない。さあ、わが九つの頭を喜ばせてみよ。それができれば、おまえが望む道を進ませてやろう』そこで、祖母なるバイーアは歌を歌いはじめた。その声のあまりの美しさに、九つの頭はみな、喜びにむせび泣いたと言う。ガゼルは褒美として角を一本与え、それがあの伝説の槍《やり》の柄となった。

ゆえに、勇者たちよ。祖母なるバイーアの挑戦に敬意を払い、第二の試練では、喜びを与える技を競うこととする。今夜は、ズィーラーンの者たち全員がヤビシーだ。九つの頭の代わりに、五万人を楽しませるのだ。よいか？」

「わかりました！」勇者たちは声をそろえた。マリクはごくりとつばを飲みこんだ。この試練がむかう先がすでに嫌でたまらない。

カリーナはドリスに箱のほうへくるよう、合図した。「なかに入っているものをひとつ、取って」

ドリスは箱に手を入れ、美しい装飾がほどこされた刀剣《タコウバ》（アフリカ北部で使われる刀剣。長さは通常一メートルほど。直線的な両刃を持つ）を引き当てた。柄は金で、ルビーがちりばめられている。ひとり、またひとりと、勇者たちは箱から品を取り出した。月光の輝きを放つ銀の鏡といった立派な品もあれば、トゥーンデが引いたパン籠のようにありふれたものもある。

　マリクが最後だった。ためらいながら、箱に手をのばす。まだ剣が入っているかもしれない。指が切れたら？　目をつぶり、思い切って手を箱に入れた。固いもの、ぐにゃっとして湿ったもの、毛玉を幾つもくっつけたようなもの。すると、なにかやわらかく、触り心地のいいものに触れた。引っぱり出したのは、ごくふつうの革の袋だった。縫いつけられた刺繍《ししゅう》はとうに色あせ、なくしたかばんに似ていなくもない。観衆は声さえあげず、マリクは恥ずかしさで頬を赤らめた。

　マリクがみすぼらしい品と共に列にもどると、カリーナが言った。「日が沈んだら、もう一度ここに集まって、現在の順位に従い、今、箱から取り出した品を使って技を披露すること。それ以外にも、必要なものを持ってくるのはかまわない。でも、舞台に立つのは勇者ひとりだけだ。観客が投票を行い、下位二名が脱落する」

　デデレイはいつになく静かで、肩を落として立っていた。試合の最中に彼女とカリーナが言葉を交わしているのはわかったが、なぜこんなにみじめなようすなのかはわからなかった。

「では、幸運を祈る」カリーナが大声で言うと、勇者たちは舞台をあとにした。マリクは、血のついた顔からじっとこちらを見つめていた琥珀色《こはくいろ》の目を、頭から追い出した。

人の見ている前でなにかをしてみせたことなどない。子どものころ、祖母《ナナ》に言われて子羊の格好をし、友だちの前で踊らされたことがあったきりだ。それどころか、物語を語るときだって、観客はせいぜい姉妹か、農場の動物たちだけだった。にもかかわらず、いきなり五万人の前で、しかも、脱落させる必要はないと思わせるような技を披露しなければならないのだ。

「ぼくには無理だ」マリクはうめいて、両手に顔をうずめた。

「そんなふうに言ってるうちは無理さ！」トゥーンデは言った。〈水〉の勇者は、〈世界のすべての知恵〉と書かれたヒョウタンを眺め、バカにしたように放り出した。「あっちに、それなりに役立つものも売られてるかな？」

第二の試練の内容が発表された直後から、アジュール庭園棟の外に待ってましたとばかりにとつぜん、市場が現れ、勇者たちの挑戦に手を貸したくてたまらない商人たちであふれかえった。もちろん、しっかりお支払いいただけるなら、ということだ。トゥーンデとマリクは一時間ばかり屋台をくまなくのぞいて、なにか使えるものはないか探していた。最初はカリールもいっしょにきたが、「ごうつくばりのハゲタカどもめ」とかなんとかブツブツ言って、むっつりしたようすで帰ってしまった。デデレイはワカマの試合で負った傷を手当てしにいったきり、姿を見ていない。ドリスはものすごい勢いですっ飛んでいったが、どこへいったのかはトゥーンデもマリクも知らなかったし、気にもならなかった。

トゥーンデが重ねて言った。「子どものころ、ご両親になにか習わされなかった？　親戚の叔父や叔母に披露するためにさ。ぼくはバラフォン（西アフリカで使われる木琴）をやらされたんだ。あの忌々しい楽器なら、たぶん眠りながらでも弾けるよ」

テントの支柱に寄りかかっていたレイラが割って入った。「バラフォンにお金を使うくらいなら、もっと大切なものに使わなきゃならない親もいるのよ」

レイラはイディアのことを調べていたが、行き詰まったせいで機嫌が悪かった。マリクが真夜中にもどってきた上、けがをした理由を説明できなかったのも、まずかった。おかげで姉と〈生命〉の大神官からさんざん小言を言われ、しかも、ファリードは邸宅《リアド》の衛兵の数を増やした。マリクとドリスとトゥーンデのちょっとしたやんちゃのせいだろう。まったくついてない。

でも、トゥーンデがここにいてくれて、助かった。そのおかげで、すでに腹を立てているレイラに、またもやカリーナを殺す機会を逸したことを話さないですむ。

だが、マリクが口をつぐんでいるのは、姉の怒りが怖いせいばかりではなかった。強制捜査の話をすれば、雨の香りのするカリーナの髪や、指に触れたやわらかい肌のことを思い出してしまう。なぜ彼女が背をむけていたときにためらってしまったのだろう。楽々と王女を殺せたはずなのに。

今でも思い出すだけで、恥ずかしさと嫌悪感で体が熱くなる。こんなことを考えてはならない。危険な考えだ。自分がためらったのは、分別のある人間ならだれだって、人を殺すまえにためらうに決まっているからだ。それ以外の理由なんてない。

レイラのトゲのある言葉に、トゥーンデは愛嬌《あいきょう》たっぷりの笑顔で応えた。「なら、きみたちはついてるな。バラフォンを無理やり習わされるのは拷問だからね。親の仇《かたき》だとしたって、あれだけはさせられないよ」そう言いながら、トゥーンデは踊り手用と思われる髪飾りを手に取った。「アディル、これをつけて踊って、あの革の袋で金を集めれば？　きみの熱狂的信者からさ。きっとだれも予想してないぞ」

レイラの眉間のしわがますます深くなった。「失礼を承知で言うけど、どうしてそこまでしてあたしの弟を助けようとしてくれるわけ？」

　マリクも同じことを考えていた。トゥーンデは並外れて親切で、どこの神殿が会場になってもいいように、それぞれの間取りまで教えてくれた。でも、金持ちというのは、見返りもないのに、なにかしたりしないものだ。トゥーンデは考えこんだような顔をして、髪飾りを元の場所にもどした。

「昨日の夜アディルに話したとおり、われらが王女との過去の一件もあるし、国を治めることにはまったく関心がないんだ。だから、ソルスタシアの試練で勝ちたいなんてぜんぜん思ってない。でも、自分以上に勝ってほしくないやつがたったひとりいる。それがドリスなんだけど、あいにくいちばん優勝に近いところにいるのもやつだ」

　知り合って初めて、トゥーンデの顔から笑みが消えた。

「ドリスの一族は、本物のズィーラーン人はバイーア・アラハリの時代まで血筋をたどれる者だけだって信じてるんだ。自分たちのようにね。ぼくはズィーラーンで生まれ育ったけど、両親はイーストウォーターのサバンナから移住してきた。ドリスに言わせれば、ぼくのような生まれの人間はズィーラーン人じゃないってことになる。未来永劫《みらいえいごう》ね。やつみたいな偏狭な男が王座に就くことになったら……考えたくないよ。それを防ぐためなら、ぼくはなんだってするつもりだ」

マリクは、ズィーラーンの領土で暮らしている非ズィーラーン人の辛苦については知りすぎるほど知っていたが、外国からの移民を祖先に持つズィーラーン人の暮らしのことなど、考えたこともなかった。この都で共通点を持つ人間に出会うなんて夢にも思っていなかったが、顔をあげた〈水〉の勇者と目が合ったとき、ふたりのあいだに新しい共感が生まれた。

トゥーンデはマリクの目を見つめたまま、言った。「デデレイは、今朝、あんなバカげたことをしでかしたから、脱落するのも時間の問題だと思う。カリールについちゃ、自画自賛のうぬぼれ野郎でしかないってことは、〈大いなる女神〉もご存じだ。きみは、アダンコ自らが選んだんだ。ズィーラーンじゅうの人間のなかからね。きみがドリスを王座から遠ざけるいちばんの有力候補なら、優勝してほしい」一瞬、重苦しい沈黙が訪れたが、トゥーンデはまたすぐにいつもの笑みを浮かべた。「それに、ドリスはマジで嫌なやつだからね。やつが負けるのを見られたら、最高だよ」

マリクの胸がかあっと熱くなった。ズィーラーンの次期国王？　自分は王になれるような人間じゃない。ましてや、ズィーラーンの王なんて、ありえない。

体の芯を鋭い痛みが突き抜けた。〈大いなる女神〉よ！　この痛みは、精神的なものじゃない。物理的な、熱を持った本物の痛みだ。〈しるし〉が心臓の上でぐるぐると輪を描き、みるみる熱くなっていく。皮膚にたいまつを押しあてられたように。

「大丈夫か？」トゥーンデは手に持っていた室内用便器を床に置いた。レイラが心配そうにかたわらにきたので、マリクは精一杯、なんでもなさそうな表情を作った。

「すぐにもどる。ちょっと……すぐもどってくるから」

マリクはほとんど走るようにアジュール庭園棟へ駆けこんだ。そのまま走って、邸宅《リアド》の裏にある小さな神殿までいく。円形の部屋の真んなかにある巨大な祭壇には、〈大いなる女神〉の像が祭られ、顔は布で覆われ、頭には生きた白い蝶《ちょう》の冠を戴《いただ》いていた。ぐらぐらする階段を駆けあがり、祈禱室《きとうしつ》が七部屋並んでいる二階までいくと、アダンコの部屋に入って鍵をかける。だれにも見られない場所は、ここしかない。勇者が守護神に祈りを捧《ささ》げているあいだは、何人も邪魔してはならないからだ。

〈しるし〉がどんどん広がり、目の前でさまざまな色の点が躍る。胸から、幾本もの真っ黒い線が伸びていく。悲鳴をあげようとしたが、すでに〈しるし〉は唇まで達し、声を封じた。目をぎゅっとつぶる。最後に頭に浮かんだのはナディアのことだった。そして、

〈しるし〉が彼を呑《の》みこんだ。

　再び目を開くと、夜になっていた。もしかしたら、イディアがわが家と呼ぶ荒涼とした領土は常に夜なのかもしれない。そう、マリクはイディアの領土にいた。〈しるし〉は元の大きさにもどり、人間の姿を取ったイディアが現れると、マリクのチュニックの裾にさっと隠れた。

「〈生命〉の勇者アディル、ソルスタシア、アーフィーシャ」神霊《オボソム》は手をうしろに組み、マリクのまわりを一周した。「言わせてもらえば、新しい名は元の名ほどいいとは思えんがな」

　マリクはなんとか体を起こして膝をついたが、頭はまだくらくらして、本能的に身構えた。イディアが襲ってくるかもしれない。周りの土地には草一本生えておらず、四方を見渡せた。ナディアの姿はない。マリクの心は沈んだ。

「ナディアはどこにいるんだ？」

「おまえの妹は無事だ。今はまだな。わたしは約束を守っているが、おまえのほうはなかなか約束を果たせないようじゃないか」マリクの顔に動揺の色が浮かんだのを見て、イディアはバカにしたようにフンと鼻を鳴らした。「ああ、そうとも。強制捜査のあいだ、おまえがカリーナ王女といっしょにいたことはもちろん知っている。あくまでわたしの意見だが、自分が殺す相手と絆《きずな》を深めたところで、仕事が楽になるとは思えんがな」

「あの子がカリーナ王女だなんて知らなかったんだ」言いながら、自分でもお粗末な言い訳だと思った。「知ってたら、約束を果たしていた」

「ならば、なぜそうとわかったときに殺さなかった?」イディアの、面白がっているとも憐《あわ》れんでいるとも取れる口調は、ますますマリクを不安にさせた。

「周りに人が大勢いたからだ。あそこで殺していたら、逃げられなかった」

マリクの手が、ゴム紐《ひも》のほうへ伸びかける。イディアはまだぐるぐる周りをまわっている。肉食動物を思わせる動きには、どんな姿を取っていようと、体に蛇の本性が刻みこまれているのを感じさせた。

「自分の限界を知るのも、賢さだぞ。みんなの手間を省くためにも、この仕事を放棄するなら――」

「そんなに王女の命を奪いたいなら、どうして自分でやらないんだ?」マリクは思わず言って、すぐに後悔した。だれかをののしったりしたことなんてないのに、ましてや、愛する人たちを傷つける力を持つ相手に食ってかかるなんて。

イディアの目が暗くなった。「勇者になってたった三日で、わたしに対してそんな対等な口を利くようになるとはな」

「そんなつもりじゃ――ただ……どうして王女を殺さなきゃならないんだ?」イディアを説得できるとは思わなかったが、やってみるしかない。「バイーア・アラハリの子孫を殺したって、あなたの川を元にもどすことはできないじゃないか」

「そんな理由だと思っていたのか?」イディアはのけぞって笑った。「愚かなやつだ。たしかに、わたしがバイーア・アラハリのことを憎む理由は無数にあるが、ゴーニャマー川の流れを変えたことなど、そのなかには入らん」

マリクは頬の内側を噛《か》みしめた。イディアを説得するのが無理なら、力づくでナディアを解放させることはできるかもしれない。神霊《オボソム》すら怯《おび》えるような幻を創り出すことができれば。

「なにを言っても、あなたの考えを変えることはできないのはわかった」マリクの胸のなかで魔法が目覚めはじめる。「ただ、世界にはもっと恐ろしいものがいる。あなたすら、動揺するような」

頭のなかで、ライオンのように荒々しく、サイのように強く、イディアにも立ちむかえるような恐ろしい怪物を思い浮かべる。悪夢から生まれた幻が命を持ち、低いうなり声をあげ、牙をむき出し、血糊《ちのり》のついたかぎ爪を振りかざして、世界をも揺るがすような声で吠《ほ》える。だが、イディアはうなり返しただけだった。

「本気か？　おまえの子どもじみたケチな魔法でこのわたしを侮辱する気か？」

神霊《オボソム》がさっと手をひと振りすると、魔法はくるくると渦を巻いて体のなかにもどり、シュウシュウと泡立ちながらマリクを内側から呑《の》みこんだ。マリクはのどをかきむしり、そこにはない空気を吸おうとあえいだ。

「魔力を取りもどす手助けをしてやったのに、それをわたしに対して使おうとするとは！」イディアはさけび、マリクの視界は真っ暗になった。「おまえたち人間はどこまでも恩知らずな獣なのだな！」

たちまち魔法の力がとまる。マリクはがくんと膝をつき、あえいだ。何年も叩《たた》かれつづけた記憶が、体を凍りつかせる。子どものころ、父さん《ババ》に叱《しか》られたあとの沈黙は、もっとひどい仕打ちがくる前触れだった。

「妹に会いたいか？」神霊《オボソム》の声は気味が悪いほど冷静だった。

恐怖のあまり声が出ない。イディアはさっと手を振った。ふたりのあいだに、影が集まってくる。そして、さっと散ると、生身のナディアが目を見開いて立っていた。

「マリク？」

たとえこの瞬間に世界が砕け散ったとしても、マリクは気づかなかっただろう。マリクはすぐさま立ち上がり、かわいい妹のほうへ手を伸ばした。しかし、あともう少しというところで、ナディアの体がふわっと宙に浮かび、悲鳴が響いたかと思うと、イディアのもとへ連れもどされた。

「いや！」ナディアはさけび、必死でイディアから逃れようとした。「離して！」

「妹を離せ！」マリクはイディアにむかって突進したが、再び魔法の力がせりあがってきて、のどをふさいだ。

「このあいだの説明では、じゅうぶんでなかったかもしれんな」イディアはナディアの首のやわらかい部分にかぎ爪をかざした。「おまえが失敗すれば、わたしはおまえの妹ののどを引き裂く。だが、おまえはどうなると思う？　おまえは失敗しようと、そのあとも生きつづける。自分次第で妹の命が救えたのにという後悔と一生向き合いながらな」

「やだよ！」さけぶナディアの頬をボロボロと涙が流れ落ちる。「マリク、助けて！」

「わかったな？」イディアの声はぞっとするほど低かった。

マリクはもはや考えることができなかった。息ができなかった。「わかった」

イディアの唇が笑みの形になったのを見て、マリクはこれまでに感じたことのないような激しい憎しみを抱いた。「ならば、今日はこれで終わりだ。せいぜい第二の試練とやらをがんばるんだな、勇者アディルどの」

またもや〈しるし〉が全身を覆ったが、マリクはもはや抵抗しなかった。最後の瞬間までひたすらナディアを見つめる。いつの間にかアジュール庭園棟の静寂に包まれた祈禱室《きとうしつ》にもどってもなお、妹の顔に浮かんだ恐怖が脳裏に焼きついていた。

ようやく顔をあげると、短くなったろうそくが目に入り、数時間が経《た》っていることに気づいた。あともう少しで、第二の試練が始まる。マリクは手のなかの〈霊剣〉をにぎりしめ、なんとか立ち上がった。ソルスタシアのことは忘れよう。勇者だということなど、忘れるんだ。カリーナを見つけ出し、これを終わりにしなければ。イディアが約束した通り、ナディアに病気やけががをしているようすはなかったが、これ以上神霊《オボソム》のもとに置いておけば、なにがあってもおかしくない。

だが、ただカリーナを襲うのでは、無理だ。それでは、ソルスタシアの前夜となにも変わらない。無謀なやり方を取れば、だれかを救う以前に自分の命がない。

どうすればいいのかわからないまま、顔をぬぐい、守護神の像を見上げた。アダンコの姿を見たとたん、はるか昔の記憶がよみがえった。父《パパ》さんがまだ、マリクを自分のような狩人にできると思っていたころだ。

「野ウサギを追いかけるような愚か者は、永遠に食い物にはありつけない」父《パパ》さんは輪縄の作り方を教えながら言った。「いいか、野ウサギに危険はないと思わせるんだ。野ウサギのほうから罠《わな》に飛びこませるんだよ。罠の存在に気づかれないようにしてな」

マリクは手に持った粗雑な革の袋を見下ろした。

それまで、マリクはずっとカリーナのあとを追いかけ、彼女の世界に入りこもうと努力してきた。だが、ここでは、カリーナは野ウサギなのだ。王女は常に命を狙われており、だからこそ、守られた環境に身を置いている。ここでは、カリーナを捕らえることなど不可能だ。

だとしたら、追いかけるのではなくて、カリーナ王女のほうからこさせる。

強制捜査のときの記憶を抑えつけず、ひとつひとつの出来事を思い返していく。すると、カリーナが自分の言うことを熱心に聞いていたのを思い出した。頭痛を治す方法をいろいろ説明したときだ。カリーナの関心を引くには、物語を語ればいい。

革の袋をひっくり返す。「むかしむかし、おばあさんや、そのまたおばあさんすら生まれていなかったころ、ハイエナは旅の途中である町にやってきた。ハイエナの手には、今ぼくが持っているのと似た革袋が握られていた」

マリクの周りの空気が暖かくなり、ゆらゆらと揺らめいたかと思うと、幻が現れた。額から汗が噴き出る。だが、頭のなかで、第二の試練の計画が花開いた。

勇者という地位の魅力に、あまりにも長く惑わされていた。昨日の夜も、カリーナの一瞬の親切にこの手を止めてしまったのだ。だが、もうそれも終わりだ。もう二度と、真の目的を見失いはしない。

第2章

カリーナ

ハヤブサの葬式はひめやかなものだった。

クサール・アラハリの神殿に集まったのは、式を執り行う大神官とカリーナ、ファリード、それから評議員たちだけだった。時間も異例だった。夜ではなく、日の入りまえの数時間を使って、行われたのだ。第二の試練が日没から始まることや、大神官たちがこれ以上、延期はできないと言ったために、この時間にするほかなかった。

カリーナは、大神官たちが母の遺体を埋葬する準備をしているのを見つめた。午前のワカマの試合のことは、すでに記憶の彼方《かなた》だった。ランタンの光が躍り、寒々とした部屋にちらちらと影を投げかけている。大神官たちに呼ばれると、カリーナは無言のまま、前へ出て、うっすらサフランの香りのする粘土《ガスール》の入った壺《つぼ》を受け取った。

通常なら、家族が順番に遺体の上でしるしを描き、〈星々の輝く場所〉までの旅に必要な贈り物を捧《ささ》げる。けれども、ハヤブサと血のつながった家族はカリーナしかいなかったから、すべてのしるしをひとりで描かなければならなかった。

温かい粘土《ガスール》に指を押しつけ、母の右頬に平和のしるしを、左頬に知恵のしるしを描く。額には健康の、あごには力のしるし。静穏のしるしを描くまえに、カリーナの指は一瞬止まった。十年前、ハヤブサは大きな手でカリーナの小さな手を包みこみ、ハナーネの胸にこのしるしを描くのを手伝ってくれた。

すべてのしるしを描き終わると、カリーナはほとんど投げるようにして壺を大神官に返し、席へ駆けもどった。ファリードの生気のない目も、ジェネーバ大宰相が頬に伝わる涙をぬぐうのも、見なかったふりをして。

動揺する必要はない。なぜなら、永遠にこのままなわけではない。数日後には、母といっしょに今日のことを笑い飛ばすのだから。普通の母娘のように。

葬式のあと、評議会は、ソルスタシアが終わった暁には、ハヤブサにふさわしい盛大な葬儀を執り行うと誓い、カリーナは黙ってうなずいた。ひとり、またひとりと部屋をあとにし、カリーナとファリードと母の遺体だけが残された。傷はまだズキズキしていたが、その痛みはどこか鈍くぼんやりとしていた。それを言うなら、周りのものすべてが、ぼんやりしていた。

ファリードはハヤブサの白い埋葬衣をじっと見つめていた。着ている喪服はぶかぶかで、砂漠の太陽に長いあいださらされるままになっていた骨のように真っ白だった。

「きみの母上のことは、自分の親よりもよく知っていた」ファリードがぽつりと言い、カリーナははっとわれに返った。これまでファリードが自分から亡くなった実の両親の話を持ち出したのは、片手に余るほどしかない。カリーナが知っているのは、彼らが外交官だったことと、カリーナの父母の親しい友人だったこと、ファリードが七歳のとき、匪賊《ひぞく》に襲われて命を落としたことだけだった。

「わたしが宮殿にきた日に、母上がなんて言ったか、知っている?」

カリーナは首を横に振った。カリーナの両親がファリードの後見人になったのは、カリーナが生まれるずっとまえのことだ。カリーナには、ファリードのいないクサール・アラハリなど想像できなかった。

ファリードはため息をついた。「失われた人は、本当の意味でいなくなったわけではない。彼らがどんなふうにこの世に名を留めるかは、残された人がどう定義するかによるのだ、と」

醜い嫉妬が湧きあがる。父《ババ》とハナーネが死んだあと、母はそんなふうにカリーナを慰めてはくれなかった。そもそも慰めてくれなかったのだ。死んだあともなお、母に拒絶されたような気がして、胸に刺すような痛みを感じたけれど、次の瞬間、襲ってきた恥ずかしい気持ちのほうがさらにつらかった。葬儀の場で母親に怒りを感じる娘がどこにいるだろう。

ファリードは両手のひらを目に押し当てた。「決して終わることはないんだ。そうだろ？」ファリードは手を降ろすと、カリーナにむき直った。「カリーナ、きみだって死んだっておかしくなかったんだぞ」

「ワカマで死ぬ人なんていない。そんなことがあるなら、子どもたちにワカマなんてさせないはずでしょ」カリーナは言った。

「昨日の夜、護衛もなしに宮殿を抜け出しただろう。殺されたかもしれないんだぞ！」ファリードの声が裏返り、部屋の石壁に反響した。「もうすでに、愛する人をみな失ったんだ。きみまでいなくなったら、どうすればいいんだ？」

ファリードは濃い黒い髪をかきあげた。たしかに、彼には権力も地位もある。でも、あまりにも多くの大切な人を失っていた。

カリーナと同じように。

カリーナはファリードのほうへ手を伸ばしかけたが、どう言えばいいのかわからずに口ごもった。あのアディルという〈生命〉の勇者の少年は、難なく彼女を慰めてくれた。彼が嘘《うそ》をついていたことにはまだ腹を立てていたから、それ以上思い出したくはなかったけれど、それでも、あのときの彼の口調を真似ようとしながら言った。

「しばらくは、どこかへいったりしないって、約束するから」カリーナは痛みをこらえて笑顔を作ろうとした。「それに、〈星々の輝く場所〉にいったところで、わたしみたいに煩わしい人間には我慢できないって、〈大いなる女神〉に追い返されちゃうわよ」

ファリードの唇の端が一瞬、ピクッとしたけど、笑みにはならずに、いつもの見慣れた保護者然とした表情になった。「そんなことあるわけないだろう。どちらにしろ、自分の安全をまったく顧みないような行動は慎んでくれ」

「わかってるわよ、わたしはアラハリ家の血を引く最後の人間だからね」今はまだ、とカリーナは心のなかで付け加えた。

「そういうことを言ってるんじゃない」ファリードはそこでいったん口を閉じた。これから口にしようとしていることが、現実の苦痛を与えるかのように。「ハナーネが死んだときに、わたしの一部も死んだんだ。あれ以来、ずっと考えつづけてきた。もっとちがうことが言えたんじゃないか、ちがうことができたんじゃないかって。この先もいっしょにいられると思っていた。今でも、ハナーネの声を聞かない日は、一日たりともない。頭のなかで聞こえるんだ、まるで――」

「――まるでまだ、ハナーネが生きているみたいに」カリーナは代わりに言った。

ファリードはうなずいた。「ああ、彼女がまだ生きているかのように」そして、首を振って、ため息をついた。「わたしは両親を葬り、ハナーネを葬り、きみの父上を、そして母上も葬った。きみまで、同じことをさせないでくれ」

ふたりでこういった話をしたのは、初めてだった。この瞬間があまりにももろく、今にも崩れ去りそうで、それを認めたらすべてが砕け散るような気がした。

「ハナーネはあなたのことを愛していたと思う」それしか、言えることを思いつかなかった。「ファリードが望んでいるような形の愛じゃなかったかもしれないけど……でも、ハナーネなりに愛していた。あなたのことを」

ファリードはハッと息を吸いこんだ、部屋じゅうの空気を取りこむかのように。「わかってる。彼女を取りもどすためだったら、なんだってする。たとえそれがたった一日だけだったとしても」

よみがえりの儀式のことを打ち明けたくて、舌の先がひりついた。だが、なんとかこらえる。禁じられた魔術を使うことに反対されるに決まっているからというだけでない。儀式のことを話せば、どうしても直視できないでいる問いに行きあたるからだ。この世から失われた多くの命のなかから、たったひとつを選び取ってよみがえらせる権利が、自分にあるのだろうか、という問いに。

ソルスタシアで選ばれる王はひとりだけだ。つまり、よみがえりの儀式は一度しかできない。母が倒れて動かなくなったのを見た瞬間から、生き返らせるのはだれか決まっていた。

ファリードが弱々しく見えたせいかもしれない。気づいたら、思わず言っていた。「評議員のなかに裏切り者がいるんじゃないかと思うの」

「えっ？」

その言葉を口にした瞬間、カリーナは後悔した。ハミードゥ司令官に、決してだれにも他言しないと約束したのだ。でも、ファリードは別だ。ファリードはファリードなのだから。ファリードは、カリーナが初めて骨を折ったときも、そこにいた。カリーナがまだ音符と休符のちがいもろくにわからないころのひどい演奏も、聴いてくれたのだ。ファリードは、カリーナに残された唯一の家族なのだから。

「開会の儀のあと、ハミードゥ司令官に聞いたの。ハヤブサの庭に入ることのできる召使いたちの遺体が見つかったって。宮殿で働いていて、召使いたちのスケジュールを把握している人間が、裏にいるにちがいない。少なくとも、だれかが情報を流したってことよ」

ファリードは眉間にしわを寄せ、おもむろにうなずいた。「信じたくないが、つじつまは合うな。その件はわたしに任せてほしい。とりあえず、第二の試練まで、まだ少し時間がある。きみは休めるときに休んでおいたほうがいい」

カリーナは首を横に振った。「ううん、まだよ。兵士たちのスケジュールを調べて、今夜はもう強制捜査が行われないかどうか、確認しておきたいの」

「こんな一日を過ごしたあとで、少しくらい休んだって、だれもきみを責めないよ」ファリードは優しく言ったが、カリーナは首を横に振りつづけた。

体じゅうの筋肉という筋肉に疲れが絡みついているようだった。でも、休むわけにはいかない。ズィーラーンを守るためにしなければならないことは、山積みなのだ。

それに、あと数時間経《た》って日が沈めば、ついに勇者たちと初めて対面する。それまでに覚悟を決めなければならない。この手で殺さなければならない少年と顔を合わせるのだから。

カリーナが貴賓席にもどると、空気は一変していた。人々の目には尊敬の輝きが宿り、彼女が通ると、敬意を示して頭を下げた。評議員たちも礼儀正しかったが、話しかけてくる者はいなかった。

「民の尊敬を勝ち得るためには、ワカマでいちばんになればいいって知ってれば、とっくにやっていたのに」カリーナはアミナタのほうを振り返ってから、侍女が自分の命令で宮殿にもどっていることを思い出した。仲たがいをしてから一日も経《た》っていなかったが、いつも自分をほっとさせてくれる友だちがそばにいなくなってから何十年も過ぎたような気がした。

でも、自分で追い返しておいて、もどってくるように頼むことなどできない。カリーナは胸にぽっかりと空いた穴を無視して、競技場のほうにむき直った。召使いたちの手で乾いた土の上に巨大な舞台が設置され、残った五人の勇者たちが立って、人々の歓声を浴びている。

大神官が合図したので、カリーナは大きな声で言った。「ソルスタシア、アーフィーシヤ！」

「ソルスタシア、アーフィーシヤ！」五万人の力強い声が返ってくる。

「ソルスタシア三日目の太陽が沈み、こうしてまた、万物の創造主〈大いなる女神〉の名のもとにわれわれは集結した。今夜は、赤ん坊から老人まで、金持ちもそうでない者も、息をしている者すべてがこの場に招かれている。これから勇者たちの舞台を、神々ですら楽しまれるのだ！」

カリーナは勇者たちの顔を一人ひとり眺めたが、アディルだけをほんの半秒、長く見つめた。アディルはごく普通の顔立ちの少年だった。丸い顔に、さらに真ん丸の目。足の速そうな体つきだが、どこへも逃げることなどできない。気の毒に、ここから見てもわかるほど震えている。

「勇者たちよ、準備はいいか？」

勇者たちは指を唇に当て、それから胸の上に置いた。「準備はできました！」

「ズィーラーンの民よ、準備はよいか？」

「おー！」観衆がさけぶ。

カリーナはパンと手を叩《たた》いた。音が響きわたる。「ならば、はじめよう！」

召使いたちがドリスの舞台の用意をしているあいだ、カリーナは紅血月花《ブラッドムーン》のなぞなぞのことを考えていた。神でない神はファラオのことにちがいない。アディルが言ったとおりだ。でも、エファが（サントロフィかもしれない、とにかくあのときに話した者が）言った「闇のむこうの闇」とはなんだろう。カリーナにはまったくわからなかった。

ドリスが合図をし、低い太鼓の音が轟《とどろ》いた。ドリスは戦士の装いで、片手に箱から引き当てた刀剣《タコウバ》を、もう片方の手に〈太陽〉の紋章のついた木の盾を持っていた。青銅の鎧《よろい》は、彼の守護神である太陽のように光り輝き、顔と胸には、狩りをするライオンに似たしるしが描かれている。

怯《おび》えたようすの召使いたちが、数十匹のアジュレ（アフリカの砂漠に住むといわれる幻獣）の入った檻《おり》を運んできた。野生のアジュレたちは一匹一匹が象の赤ん坊ほどもあり、赤銅色の毛に覆われ、むき出した牙は今にも檻の鉄棒を食いちぎりそうに見える。宮廷の貴族たちは、ドリスが猛獣たちの前に立ちはだかる姿を見てほうっとため息を漏らし、うっとりと笑みを浮かべる者もいた。たしかに、王のように見えるという点は否定しようがない。

　ドリスが大声で命じると、召使いたちは檻の扉を開け、一目散に逃げていった。アジュレの群れはたちまちドリスを取り囲んだが、ドリスは慣れたようすで一匹目をさっとかわし、くるりと回転して、脚にかみつこうとした二匹目を切り捨てた。観衆が喝采を送るなか、ドリスは目にもとまらぬ速さで刀剣《タコウバ》を振り回し、アジュレたちを次々と片付けていった。最後の一匹が舞台の上に横たわると、観衆の興奮は頂点に達したが、カリーナは無用な暴力を見せつけられてムカムカしていた。狩人の力と技術は崇《あが》められるべきものだが、こんなのは本物の狩りではない。生き物に対する敬意に欠けている。これはただの虐殺だ。

　それでも、勇者たちのなかでは、ドリスがいちばん結婚相手として安全だろう。宮廷の礼儀作法を心得ているし、一族は莫大《ばくだい》な資産を持ち、彼自身、都での人気も高い。それに、殺すにしても、ほかの勇者のだれより良心の呵責《かしゃく》を感じずにすみそうだ。彼の激しい気性は有名で、かっとなって少なからぬ指導者にけがを負わせたという話も聞いている。ドリスが死んで横たわっているところを思い浮かべてみたが、どんなにがんばっても悲しみは湧いてこなかった。

　次はカリールだった。〈風〉の勇者だ。ドリスの大量殺戮《さつりく》の場に、自分で作ったという詩を携えて現れた。箱から取り出した鏡についての詩だ。だが、二行も読まないうちに、観衆はブーイングしはじめ、ヤジが飛び交うなか、ものの五分で、涙にくれて舞台から逃げ出すはめになった。カリーナは気の毒に思って首を振った。次の時代が〈風〉になることはなさそうだ。

カリールのあとはデデレイだった。〈火〉の勇者は、箱から出したフルートを手に舞台の真んなかに立った。そして、カリーナをちらりと見てから、観衆のほうへむかって言った。「大いなる都ズィーラーンのみなさま、胸が痛むお知らせですが、〈火〉の勇者デデレイ・ボチエは、今回のソルスタシアの試練を正式に辞退いたします」〈火〉の者たちのすわっている席から怒りの声があがる。カリーナはニヤッとしそうになるのをなんとかこらえた。

ワカマの試合のあと、威厳を持ってソルスタシアの試練から身を引くようにというカリーナの要求を、デデレイは受け入れたのだ。

「約束は約束だからね。トルーローペ・ボチエの娘が約束を破ったなんて、だれにも言わせない」デデレイの口調は落ち着いていたけれど、つらそうな表情は見まちがいようもなかった。「勝者に与えられる栄誉が結婚だということと関係しているんでしょうね?」

カリーナは少し考えてから、答えた。「わたしには、心から結婚したいと思っている人がいる。その人に勝ってほしいの。わかってくれると思うけど」

デデレイはふんと鼻を鳴らして、首を振った。「わかるとは言えない。だけど、あなたの邪魔をする人には同情するわ。あなたは望みのものを手に入れる人だから」

こんなふうに裏から手を回すことに、カリーナも恥ずかしさを覚えないではなかったが、これだけのことをする意味はあるのだ。これで、どういう結果になろうと、儀式のための心臓は手に入る。それに、デデレイには一目置いているから、殺したくはなかった。

デデレイはそれだけ言うと、さっさと舞台から降りて、トゥーンデに場所を譲った。彼の姿を見たとたん、のどがふさがれたようになり、カリーナは自分に腹を立てた。トゥーンデとの関係を終わらせたことに後悔はなかったけれど、そのせいでそれまでの友情をも失ってしまったことは、何度後悔したかしれない。でも、ふたりともプライドが高すぎて、どちらも先に折れることができずに、お互い口を利かないままできてしまった。この先も、仲直りする日がくるとは思えない。

カリーナはまたサントロフィの謎かけのことを考えはじめた。トゥーンデは、すばらしい弓の腕前を披露している。しかも、頭の上にのせた籠にいろいろなものを積みあげていくという離れ業を同時にやってのけている。

「闇のむこうの闇」。闇よりも暗いものって？　夜？　真夜中？　わたしはこの謎かけのなにを理解していないんだろう。

「そして最後は、〈生命〉の勇者、アディル・アスフォー！」

アディルがのろのろと舞台にあがるのを見て、カリーナはいらだちがこみあげるのを感じた。目が合い、おそろしい目つきでにらみつけてやると、アディルは縮みあがった。いい気味だわ。わたしをだました罰よ。

「こんばんは」アディルはかすれた声で言った。第一の試練のときの王子のような装いとちがい、今夜はズボンの上に長袖のチュニックをはおり、布のサッシュを巻いているだけだ。さっきのドリスが王のようだったとすれば、アディルは平民の語り手のように見えた。少年は目を泳がせながら、粗末な袋を掲げた。「これからハイエナの物語を語ります」

観客はすでに興味を失っていた。ハイエナの物語はだれでも知っているから、優れた語り部《グリオ》並みの才能がないかぎり、それで聴衆を惹《ひ》きつけようとするなど、時間の無駄だ。たとえ女神に選ばれた勇者だとしても、この調子ではアディルが勝つのは無理だろう。少なくとも自分を助けてくれた人間を殺さずにすみそうだ。トゥーンデを別にすれば、次に殺したくないのはアディルだったから、そうならないよう願っているのは本当だった。

「始めるまえに……昨日の夜のことで、カリーナ王女にお礼を言わせてください……心から感謝しています」

カリーナは思わず立ち上がった。周りで人々がざわめきはじめる。強制捜査のときの話だと、カリーナにはわかっていたけれど、ほかのだれもそんなことは知らないから、たちまち想像力をたくましくした人々がやんやと騒ぎたてた。カリーナはうめき声を漏らした。デデレイがあんなことを言い出したと思ったら、今度はアディルまで。あのひとたちは、わたしを怒らせる協定でも結んでるわけ？

「こちらこそ、ありがとう。わたしはいろいろな人の夢に登場するみたいだけれど、あなたの夢もすてきにしてあげられたみたいでよかったわ」

それを聞いた観客たちは、今度はアディルのことを笑いはじめ、カリーナは勝ち誇って腕を組んだ。アディルはうつむいて、集中しようとしているかのように、なにか手首に巻いたものをいじりながら、深く息を吸いこんだ。すると、舞台を覆っていた影がすべて、あたかも彼の命令を待つようにぴたりと動きを止めた。

「むかしむかし、あなたがたのおばあさんも、そのまたおばあさんも生まれるよりまえ、数えきれぬほど月が巡ったさらにむかしのこと、砂漠を旅していたハイエナは、ここと似ていなくもない都にたどりついた。もう長いあいだ旅をつづけていたので、ハイエナはほっと一息つき、疲れた足を休め、ロバに餌をやることにした」

周りの世界が脈打っているような、不思議な感覚に襲われる。アディルの一定のリズムを持った声はどこか心地よく、競技場じゅうに響きわたっているのに、横にすわって、カリーナだけにささやきかけているようにも感じる。カリーナはそわそわと体を動かした。お腹の底がじんわりと温かくなってくる。ちらりと横を見ると、昔から物語を聴くのが好きなファリードは身を乗り出していた。

「ハイエナが夜を過ごす宿を探していると、男がぶつかってきた。互いに謝って、先を急いだが、やがてハイエナはかばんがなくなっていることに気づいた。さっきの男にちがいない。ハイエナは、自分のものを取り返すべく泥棒のあとを追いかけた」

アディルが舞台の上をゆっくりといったりきたりするのに伴い、彼の周りの世界が姿を変えていく。木の舞台の代わりに金色の砂漠が現れ、にぎわっている太古の市場が立ち上がる。

「人々が集まってきて、ハイエナと若い男がけんかしているのを眺めた。泥棒は殴られているあいだじゅう、『助けてくれ！　こいつがわたしのかばんを盗もうとするんだ！』とわめき散らした」

　カリーナは何度も頭を振った。ファリードが横にすわっているのは感じるのに、同時に周りで群衆がけんかを見ようと押し合いへし合いしているのも感じる。相手を責める怒鳴り声が響き、市場で売られているカルダモンやシナモンの香りまでする。

「結局、ふたりは裁判官の前に引き出されることになった。ところが、ハイエナが説明しようとすると、泥棒はわっと泣き出して、こうさけんだのだ。『ああ、賢い裁判官さま、母の墓にかけて、このかばんと中身はわたしのものです！』

　ハイエナは怒り狂った。こんなにもたやすく嘘《うそ》を口にするとは、このとんでもない若者は何者だ。ハイエナはすっと背を伸ばして言った。『賢く慈悲深い裁判官どの、この命と、女王《スルタナ》の命と、空を飛ぶすべての鳥、そして海を泳ぐすべての魚にかけて、このかばんはわたしのものだと誓います』」

　アディルは、物語に登場する人物に合わせ、声音を変えた。観客は完全に魔法にかかったように、彼の一言一句に聴き入っている。

「裁判官は言った。『このかばんの持ち主なら、中身はなにか、正確に言えるはずだ』

　それを聞くと、泥棒は前に進み出た。『〈大いなる女神〉の名にかけて申し上げます。このかばんには、古靴下が四足と、半分に割れたランプ、図書館の東棟に、十五人の踊り子、賢者の一団に、純金製のラクダがひと群れ、女王《スルタナ》が食す六年分のオリーブに、結婚式の日に花嫁の母親が流す涙、わが祖父のお気に入りのマント、それから、雪のように白い鳩《はと》がまるまるひと群れ、入っておりまして、このかばんこそわたしのかばんと証言してくれるでしょう！』」

アディルの言葉と共に、手に持った革の袋から奇跡が放たれていく。踊り子たちは日の光よりも柔らかいベールをなびかせ、クークーと鳴く鳩たちがつづき、数々の宝は夢のなかでしか見られない輝きを放つ。鳩が一羽、すぐそばを飛んでいくのを見て、カリーナは思わず笑い声を漏らした。

「負けじとばかりに、ハイエナは前に進み出た。『なんといううそつき！　そのかばんこそはわたしのもの、本当の中身はこれまで抱いたあらゆる汚らわしい思い、銀のタッセルのついた空飛ぶ絨毯《じゅうたん》、ヤギのたくさんいるアルガンの木、そのヤギたちの番をするヤギ飼い、世界一甘いブドウで作ったワイン四樽《たる》、見たことのないほど小さな舟、たったひとつの歌しか知らない子どもたちの合唱、靴屋の主人と工房、二十七枚の銅皿、決して消えることのない蠟燭《ろうそく》三十六本、〈大いなる女神〉の左靴、そして、革表紙の書物には、このかばんが本当にわたしのものだと書いてあるのです！』」

オーケストラが現れたかのようだった。革袋から新しい品が飛び出すたびに、新しい調べが加わる。カリーナの席のすぐそばをなにかのしのしと歩いていった——雪のように白い毛のシロクマが、カリーナにやさしいうなり声をあげる。決して砂漠にはいないはずの動物が。

それはただの物語ではなかった。アディルはみなに別世界を垣間見《かいまみ》せたのだ。観客は一種の恍惚《こうこつ》状態に陥ったのにちがいない。伝統音楽の演奏家が、その歌で聴衆に催眠術をかけるように。観客はそこにあるはずのないものを見ていた。本物でないことは、カリーナもわかっていた。それでも、かまわない。すばらしい幻を生み出す少年から目を離せない。

物語を語りはじめたときのアディルのおどおどしたようすは、すっかり消え去っていた。数々の驚異のなかを自在に歩き回っている。彼こそが、創造主なのだ。物語を語りながら、アディルはカリーナの席へと歩を進め、いつの間にかほんの数メートル先に立っていた。

「ついに、裁判官が片手をあげた。『おまえたちふたりとも、わたしのことをバカにしているか、さもなければ、そのかばんは世にふたつとないすばらしい品なのか、どちらかだ！　かばんを開けよ。なにが入っているか、この目でたしかめるのだ』」

アディルはそこでいったん黙った。観客が静まり返る。みなの目が、革の袋に注がれる。めくるめく語りのあいだ、忘れ去られていた袋に。

カリーナは身を乗り出した。アディルの夜のように黒い目が燃えあがり、恐怖を感じるのとともに、ますます惹《ひ》きつけられる。

「なにが入っているの？」カリーナは息を呑《の》んだ。アディルが手を差し出し、カリーナはその手を取る。カリーナの背筋に震えが走る。アディルはカリーナの手をそっとひっくり返し、上をむいた手のひらに袋の中身をあけた。

袋のなかから出てきたのは、古くなったパンがふた切れと、ひとつかみのイチジク、それから、ロープの切れ端だった。あっという間に驚異は消え去り、アディルは再び、ひとりで舞台に立っていた。ブルーに染まっていた世界がみるみる薄れていく。だが、カリーナの目は少年に注がれたままだった。

「かばんの本当の中身が明らかになると、ハイエナは肩をすくめた。『わたしの驚異の品々ではありません。きっとかばんはその男のものなのでしょう』そして、そのまま歩き去った」

アディルはカリーナの目をじっと見つめ、唇の端をあげて、恥ずかしそうな笑みを浮かべた。カリーナは心ならずも微笑《ほほえ》み返していた。

次の瞬間、どっと大歓声があがった。どよめきが競技場を揺るがし、これまでのすべての演技に送られた拍手すべてを合わせたよりも大きな拍手が沸き起こる。審判員たちは、勝者を発表する必要すらなかった。

一夜にして、アディルは順位のトップに躍り出た。

カリーナの顔から笑みが消える。

彼を殺さなければならなくなる。

第3章　マリク

「さっさと本題に入ろう。最後の試練の出場者を発表する。一位アディル・アスフォー！二位ドリス・ロザーリ！　三位アデトゥーンデイ・ディアキテイ！」

　マリクは疲れのあまり倒れそうだったが、観客のほうへ片手をあげた。それを見て、観客がまた喜びに沸きかえる。ドリスからは波のように怒りが放たれていたが、トゥーンデは敗北にも品位を失わず、やはり観客に手を振りつつ、目にはまた抜け目ない表情がもどっていた。

　最初、舞台にあがったとき、五万組の目に見降ろされて、マリクは恐怖で動けなくなりかけ、王女に礼を言ったのが裏目に出たときは、もう少しで逃げ出すところだった。

　だが、そのとき、ナディアののどにかけられたイディアのかぎ爪を思い出し、勇気を奮い起こして口を開いた。魔法に呼びかけ、魔法の呼びかけに答える。一節ごとに高まっていく歌のように。そうしながら自分の力について、多くのことを学んだ。声の抑揚で幻の形を変えられること、味覚と触覚以外の感覚の操り方、催眠状態にいるときのような鮮明さで感覚的経験を与える方法。

ほんの一瞬、マリクは人々の賞賛に浸ることを自分に許した。観客にとっては、マリクはただ物語をすばらしく巧みに語ったというだけだ。規則違反ではない。

いいい、おめでとう。勇者の家族席に立っているレイラが、口だけ動かしてそう言ったのがわかった。それが、ほかすべての賞賛を合わせたよりもうれしかった。

アジュール庭園棟にもどると、トゥーンデはマリクの肩に腕をかけ、げんこつで頭をぐりぐりとやった。「どこかの心配性くんときたら、あんな隠し技を持っていたとはね！信じられないよ！」

マリクはとっさに緊張したが、落ち着こうとした。トゥーンデとはもう友だちなのだ。友だちがいるとは、こういうことなのだ。

トゥーンデはうしろをふりかえった。「おい、ドリス、普通、負けたときは勝者におめでとうを言うもんだぞ」

ドリスは鋭い視線をマリクにむけた。「舞台に自分以外の人間をあげるのは、禁止だ」

「そんなことはしていないじゃないか」たじろいだマリクの代わりに、トゥーンデが言った。「調べたいなら、調べろよ。舞台にはほかにだれもいなかったよ」

ドリスが頭のなかでマリクの舞台をひとつひとつ思い返しているのが、手に取るようにわかった。言ったら事態を悪くするだけだと思い当たるよりまえに、言葉が出てしまった。

「あれは、魔法なんだ」

トゥーンデとドリスにあっけにとられたように見つめられて、マリクの心臓がのたうった。バカだ、ぼくは本当にバカだ。どうして本当のことを言ってしまったんだろう、こんなことを言ったら——。

トゥーンデがぷっと吹きだし、ゲラゲラ笑いはじめた。「魔法か！　聞いたか、ドリス、きみはあれだけ練習したっていうのに、キラキラの魔法に負けちゃったんだ。笑わせてくれるよな、マリクは」

マリクは胸をなでおろした。よかった。どんな嘘《うそ》をついたところで、真実のほうがバカバカしく聞こえるのだ。ドリスがぷいと出ていくと、トゥーンデは呆《あき》れた顔をした。「やつのことなんて放っておけ。周りの関心が五分それただけでも、不機嫌になるんだ。だけど、まじめな話、本当にすばらしかったよ」

マリクはトゥーンデの顔を探るように見たが、そこには苦々しさのかけらもなかった。トゥーンデがかつてカリーナと付き合っていたのなら、マリクが舞台から彼女に語りかけたことで、友情にひびが入るかもしれないと心配していたけれど、〈水〉の勇者に気にしているようすはなかった。

「やっと終わって、少し眠れそうでよかった」マリクは言ったけれど、実際は、眠れるどころではなかった。明日は試練はないから、今夜、みんなが寝静まったあとにクサール・アラハリのなかを調べてみようと思っていたのだ。

「眠る？」トゥーンデはわざとらしくぞっとした顔を作ってみせた。「わが臆病なる友よ、今夜、眠るだなんてとんでもない。第二の試練のあとはいつも、ミッドウェイと決まってるんだ」

「ミッドウェイ？」

トゥーンデはマリクの背中をぴしゃりと叩《たた》いたが、たまたま〈しるし〉に当たったので、マリクはビクッとした。

「まあ、おもしろくなるって！」

ミッドウェイというのは底抜けのお祭騒ぎだと、すぐに判明した。

毎回ソルスタシアの最中に、前回の勇者たちの主催で開く会で、四日目に行われる。それが、この名の由来だ(ミッドウェイは中間地点という意味)。四日目、つまり〈地〉の日の真夜中から翌日の真夜中まで、これまでの五十年間、そしてこれからの五十年間にも、例のないようなお祭騒ぎに宮廷じゅうが参加する。ズィーラーンのなかでも選ばれし者たちだけが招待される催しなのだ。

「〈大いなる女神〉よ!」レイラは、会場まで乗ってきた輿《こし》から降りたとたん目をまるくして、思わずそうささやいた。今度ばかりは、姉も弟もまったく同じ思いで、ぽかんと口を開けて目の前の光景に見とれた。

今年のミッドウェイは、先祖代々受け継がれてきたムワレ・オマルの屋敷であるダル・ベンシェクルーンで開かれる。木々から吊《つ》り下《さ》げられた銀の糸が、揚げパンに垂らしたハチミツのように輝き、すばらしい品々を並べた屋台や、甘い運命を約束する占い師たちの店の前を、人々が笑いさざめきながら行き来している。頭上には、翼のあるガゼル、オィンカが飛び、その背にまたがった人々がかん高い歓声をあげる。伝統的な民族衣装やなまめかしい衣装、かと思えば、ただひたすらに変わった服など、みな、思い思いの衣装をまとっていたが、ありがたいことに今夜は〈勇者〉の格好をしている人はいなかった。

しかし、なによりも燦然《さんぜん》と輝きを放っていたのは、敷地の真んなかに設けられた人工のオアシスだった。池の真んなかあたりの浮栈橋では大勢の人々が踊りながら、磨きたてのサファイヤのような水滴をまき散らしている。波間には、何艘《なんそう》もの小舟が浮かび、ディンゴケックたちがブィーブィーと悪声をあげながら引っぱっている。チッペクエと同様、ジャングルに住むこのセイウチに似た生き物のことは物語でしか聞いたことがなかったから、評議員がどうやって生息地からはるか離れたこの地まで連れてきたのだろうと思わずにはいられなかった。

だめだ、こんなことに気を取られている場合じゃない、とマリクは思った。ミッドウェイの光景はこの世のものとは思えないし、ここにきたのは、勇者は全員出席と決められているからだが、カリーナがいないなら、時間を無駄にするだけだ。

「いこう。そろそろ王女もくるはずだ」マリクはきっぱりとした足取りで、ムワレ・オマルが客を出迎えている大テントのほうへむかった。王女であろうと、主のムワレ・オマルにはあいさつをしなければならないから、じきに姿を見せるはずだ。評議会の議員たちのそばから離れないようにしていれば、カリーナに近づける可能性もあるだろう。

レイラは必死になって、大股で歩くマリクのあとを追いかけた。「いったいどうしたの？　今朝からようすが変よ」

イディアに会ったことを話すわけにはいかない。そんなことを話しても、レイラを苦しめるだけだし、そうでなくてもふたりとも、もうじゅうぶん苦しんでいるのだ。

「疲れてるだけだよ」マリクは嘘《うそ》をついた。「それより、必ずぼくに言ってよ。カリーナ――つまり、王女の姿を見たらさ」
カ、リ、ー、ナ、を殺せ。ナディアを助けるんだ。そ、れ、だ、け、に、集、中、し、ろ。
ムワレ・オマルは大きな寝椅子にすわり、食べ物を捧《ささ》げ持《も》った召使いたちに囲まれていた。マリクとレイラがやってくると、ムワレ・オマルはうれしそうな笑みを浮かべた。

「ああ、〈生命〉の勇者どのがいらっしゃった。お会いしたいと思っていたのだよ！　タラフリィの宴《うたげ》はどのくらい華やかなんだね？　わが宴の半分にはなるかな？」

マリクは首を横に振った。「ご一族の手厚いおもてなしに適《かな》うようなものではありません」

ムワレ・オマルはハッハッハと笑い声をあげ、周りの者たちもいっしょになって笑った。

ぼくはなにかおかしなことを言ったのか？　ぼくもいっしょに笑うべきなのか？　念のため、マリクも笑ってみたが、そのときにはすでにみな、笑うのをやめていた。顔がカアッと熱くなる。

　こんなのはただの宴の会だ。たしかに、とんでもない規模のきらびやかな宴だけど、それでも宴は宴だ。イディア相手に生き延びたのだから、宴くらいどうとでもなるはずだ。

「彼に飲み物がないじゃないか」ムワレ・オマルがパチンと指を鳴らすと、召使いが甘い香りを放つワインの入った杯をマリクに差し出した。緊張のあまり断ることもできずに、マリクはそれを数口で飲み干した。すると、ムワレ・オマルは立ち上がって、あたりに響きわたるような声で笑った。

「勇者どのは酒の飲み方を知っているぞ！」ムワレ・オマルはマリクの腕を取ると、会場のほうへ歩きはじめた。「さあ、きみに紹介しなければならぬ人たちがいるのだ」

　マリクはすがるような目でレイラを見たけれど、姉は姉で廷臣たちの娘に声をかけられ、タラフリィの生活について質問攻めにあっていた。ムワレ・オマルがおかわりの飲み物を持ってこさせ、マリクはそれもふた口で飲み干した。

　ふたを開けてみれば、紹介しなければならない人たちというのは、宮廷じゅうの人間という意味らしかった。法律家に学者、職人たちに哲学者たち。順序もなにもなく次から次へと紹介され、途中から名前を覚えるのは不可能だとあきらめた。そもそも、身に着けている衣装と、立派な肩書がぜんぜんそぐわない。大学の「発想科学」の学部長だと自己紹介した男性など、裸の上半身にヒョウ柄のマントとおそろいのズボンに鈴のついた靴というでたちだった。

カリーナの姿がまだ見えないことを確認し、マリクはもう一杯ワインを飲んだ。

「殿下も今夜はいらっしゃるのですか？」マリクはさも無頓着なようすでたずねた。ムワレ・オマルは廷臣たちの半数を引き連れ、ずらりと並んだ屋台のほうへ歩いていたが、それを聞くとフンと鼻を鳴らした。

「さあな。もちろん招待はしているが、われらが殿下がどこへいくつもりかなど、だれにもわからぬからな」そして、いやらしい笑みを浮かべた。「それを言うなら、だれといるかもな」

マリクは真っ赤になって、決まり悪さを四杯目のワインで押し流した。いや、もう五杯目だったか？「別にそういう意味では――」

「照れなくてよい。わたしもきみくらいのときは、そうとう鳴らしたものだよ。アジュール庭園棟にいたときに、床が冷たいことなど一度もなかった。もっと人目につかない形でと言うなら、ズィーラーンのなかでも最高の場所をすべて教えて進ぜよう。わたし自身もまだ、たまに訪れているからね」

「それは――その、つまり……」たった三十分まえにムワレ・オマルの妻に紹介されたばかりだというのに、ろくに知りもしないマリク相手に売春宿の話をするなんて。でも、さっきもっと大胆になると誓ったばかりだ。そこで、マリクは恥ずかしさを呑《の》みこんで言った。「どういうことだか、おわかりですよね」

ムワレ・オマルは大声で笑った。「ああ、きみを見ていると、わたしの若いころを思い出すよ。わたしがソルスタシアの大会で二位だったのはご存じかな？」彼はクスクスと笑った。「ソルスタシアと言えば、第二の試練のときのあのすばらしい幻覚はどうやって生み出したのかね？」

今度もまた、マリクは本当のことを言った。「魔法を使ったんです」

そして今度もまた、真実は笑いに迎えられた。笑いが収まると、ムワレ・オマルは煙と鏡と滑車を使ったのではという説を熱心に披露しはじめ、マリクは自分から関心がそれたことにほっとした。人は、信じたいものを信じる。理性的な人間は、魔法を信じているそぶりすら見せないのだ。

だとしても、自分が生み出した幻のことを考えるだけで、全身に活力がみなぎるのを感じる。もう一度、あの力を手にしたい。家族のみんなに見せたかった！　母《マ》さん《マ》はきっとぼくを誇りに思ってくれただろう。父《パ》さん《パ》だって……なにをしても父《パ》さん《パ》を喜ばせることはできなかったけど、マリクにもちゃんとできることがあると証明できたらどんなによかっただろう。それに、ナディアなら――。

ナディアなら――。

のどに苦いものがこみあげる。ミッドウェイの喧騒《けんそう》と廷臣たちのおべっかにまみれ、ナディアのことを忘れていたのだ。

「失礼します」マリクはなんとかムワレ・オマルの手を振りほどくと、よろめきながら会場の反対側までいった。人ごみを抜け出し、木の根元に胃のなかのものを吐き出すと、袖で口元をぬぐい、うめき声を漏らした。

一瞬でもナディアのことを忘れるだなんて。

「……だれも聞いたことのないような一族出身の子に負けたんですよ！」

「でも、母上、彼は本当に優秀だったったってだけかも」

こちらに近づいてくるドリスとムワーニ・ゾーラの声に、マリクは凍りついた。自分が聞いていたらまずい会話だろうが、逃げ道がない。

「あの子が優秀かどうかなど、関係ありません。あなたがその上をいけばいいのだから」

ムワーニ・ゾーラはぴしゃりと言った。

「おれが負けるのが、そんなに恥？　そもそもおれはそんなに勝ち――」

肉が肉を叩《たた》く音が響き、マリクはビクッとして思わず頭に手をやった。

「そんな自分勝手なことは二度と言わないで」ムワーニ・ゾーラの声は低かったが、威圧的な響きははっきり聞き取れた。「さあ、突っ立ってないで、王女を探しにいきなさい。王女は〈生命〉の勇者がお気に入りで試練の内容を不正に操作しているっていう噂《うわさ》があるの。それが本当なら、すぐにでも王女に取り入らないと。幸い、あの娘は母親の半分も賢くないからね。気に入られるくらい、簡単でしょうよ」

一組の足音がゆっくりと遠のき、それから一瞬間をおいて、二組目の足音がマリクが隠れているほうに近づいてきた。マリクが背を伸ばしたのと同時に、ドリスがやってきた。左の頬が赤く腫れている。気の毒に思う気持ちが胸にあふれ、自分もまた、親に満足してもらえなかったからよくわかると言ったらどうなるだろうかと考えたけれど、マリクがなにか言うまえに、ドリスはあざけるように笑った。

「廷臣たちのお気に入りは、ワインを腹に収めておくことすらできないのかよ。みじめだな」ドリスは横をすり抜けるときに、偶然というには強すぎる力でマリクの肩にぶつかった。「今はみんなにちやほやされているかもしれないが、どうせ長くはつづかない。新しいピカピカのオモチャが見つかれば、おまえなんかすぐにポイと捨てられる。おれと同じさ」

頭のなかでは、一歩も引かずにドリスを震えあがらせるひと言を返してやったものの、実際には目を伏せ、〈太陽〉の勇者が去っていくのをただ見送るだけだった。吐き気がますますひどくなる。ミッドウェイにきて、そう、一時間か？　二時間？　もうカリーナはきていていいはずだ。カリーナのことをよく知っている知り合いっていえば――。

トゥーンデだ。

〈水〉の勇者は、素焼きの壺《つぼ》がずらりと並んでいる屋台の前で弓を構えていた。

「だれかさんはずいぶん楽しんでるみたいだな」マリクのよれよれになった服を見て、トゥーンデは歌うように言った。そして、矢を放つと、壺がひとつ粉々になり、なかから金の卵が現れた。

「幸運のしるしだね！　〈大いなる女神〉がすばらしいものを用意してくだすってるよ！」

屋台の女主人が声をあげ、マリクはなにげなくそちらを見て、もう一度、見直した。ニェニーだ。今日は召使いの質素な服を着ている。語り部《グリオ》がこんなところでなにをしているか、見当もつかないが、いいことのはずがない。ニェニーはマリクにむかって片目をつぶり、唇に人差し指を当ててから、トゥーンデに賞品を手渡した。

「トゥーンデ、カリーナを見かけた？」マリクはわざとニェニーに背をむけて、言った。

「きみたちが名前で呼び合う仲とは知らなかったな」トゥーンデは弓に次の矢をつがえながら、過剰なくらい無関心なようすで言った。

「第二の試練のときのことを謝りたいんだ。王女と話すのにどうすればいいか、なにかアドバイスがあれば教えてもらえるとありがたいんだけど」トゥーンデは動きを止めた。マリクは申し訳ない気持ちでいっぱいになりながら、前に身を乗り出した。「ぼくがカリーナ王女と話しても、問題ないよね？　つまり、きみたちはもうそういう関係じゃ――」

「問題なんてない」トゥーンデはぴしゃりと言った。そして、ぐっと目を細めて、残っている壺を見つめた。「ゲームをしないか？　きみがあの壺のどれかにあてたら、王女について知ってることはなんでも教える。だけど、外したら、今日の幻をどうやって創ったかを教えてくれ。今度は嘘《うそ》はなしだ」

弓術も、父《パパ》さんが息子に教えようとして失敗したひとつだった。最初のひと矢は、まさにそれを証明するように大きく外れた。ニェニーはカッカと笑い、マリクは真っ赤になった。そして、二本目の矢をつがえると、弓を引き絞り、精いっぱい狙いを定め……今度は、足元の土に刺さった。

トゥーンデはなにか言おうとした。たぶん、マリクに答えられない質問だったにちがいないが、次の瞬間、ハッと目を見開いて、深々とお辞儀をした。

「勇者アディルは、物語を語るほどには、弓はうまくないようね」

マリクは額にしわを寄せ、次の矢を取ろうと焦っていたので、まわりの人たちが、彼以外全員頭を下げていることに気づかなかった。

「あなたに話しかけてるのよ、アディル」

待てよ、アディルってぼくのことじゃないか。動揺して振りむくと、真うしろにカリーナ王女が面白くなさそうな顔をして立っていた。マリクはあわてて頭を下げ、トゥーンデの頭とぶつかりそうになった。

「す、す、すみません、殿下」

カリーナはトゥーンデにあいさつをした。「こんばんは、勇者アデトゥーンデイ」

「こんばんは、殿下。今日も美しくていらっしゃいますね」トゥーンデの声は落ち着いていたが、カリーナとのあいだに冷ややかな緊張が走った。今夜の王女のドレスは、肩に純白のレースがあしらわれ、蝶《ちょう》の羽に似せた袖はひらひらした部分が膝くらいまであった。銀色の髪にはビーズと宝石のちりばめられた細線細工が編みこまれ、片方の肩にさりげなく垂らしてある。この距離から見ると、召使いだと思ったなんて、太陽をろうそくとまちがえたようなものだと、マリクは悟った。

カリーナは地面に散らばっているマリクの矢を見て、片眉をあげた。「お手伝いしましょうか？　プロの腕前というわけじゃないけど、それなりに弓術の指導は受けてきたからね」

背骨にそって〈しるし〉がするすると動くのを感じながら、マリクはうなずいた。カリーナはマリクの腕に自分の腕を回すと、構えのかたちを取らせた。

「両足をしっかり開いて、弓を持っているほうの腕はまっすぐ回転させて」カリーナの親指が手首の内側をかすめ、マリクの顔が熱く火照る。「弦を基準点まで引いて。こんなふうに」

カリーナはマリクの手をうしろに引き、ふたりの指の緊張が弦を駆けあがる。雨の香りが再び立ち昇り、またまめまいがもどってくる。でも、今度のめまいはワインとはなんの関係もない。今なら、〈霊剣〉を出して、だれかに止められるまえにカリーナののどに突き立てることができる。今、やる価値があるだろうか。大勢が見ている前で？

「狙いを定めて――」カリーナがくいとあごをあげ、マリクの耳たぶに温かい息がかかった。「よくも嘘《うそ》をついたわね」

マリクがビクッとしたのと、矢を放つのとが、同時だった。矢は壺《つぼ》に当たり、割れた破片が飛び散った。その真んなかには、腐って真っ黒になり、ウジのたかっている卵があった。ニェニーはからかうように舌を突き出した。

「大当たり！　だけど、運はないね！」語り部《グリオ》はかっかと笑った。

カリーナはうしろに下がったが、マリクの肌には彼女の指の感触がいつまでも残っていた。「初心者ふたりにしちゃ、悪くないわ。じゃあ、勇者アディル、わたしを散歩に連れていってくれるかしら？」

「え……」お互いの正体を知ったあとでは、強制捜査に育まれた気安い空気は失われていた。カリーナは数々の物語で歌われているように美しかったが、それはヒョウも同じだ。

どちらと残されることになっても、マリクにはなすすべなどない。

「大丈夫よ、別にあなたの貞操を脅《おびや》かそうっていうんじゃないから……まあ、すでに一度、足元にひざまずかせているけどね」カリーナはにんまり笑った。トゥーンデがゴホゴホと咳《せ》きこみ、マリクの顔はますます熱くなった。服を繕ってあげたときのことを言っているだけだと、わかっているのに。

断るわけにもいかず、マリクはカリーナが差し出した腕を取り、湖のほうへむかって歩きはじめた。廷臣たちがささやきかわし、トゥーンデは片側によって、目を背けた。

マリクはカリーナのほうをちらちらと見やったが、彼女がこちらをむくと、さっと目をそらした。大勢の人が見ているし、彼女を襲おうものなら、たちまち兵士たちに取り押さえられるだろう。でも、ミッドウェイの明るさはあちこちに暗がりを作り出していたから、もしそうした場所に連れこむことができれば……。

「どうかしたの？」カリーナがたずねた。

息を吸って。現実に留まれ。ここに留まれ。

マリクは首を横に振った。ついでに鼻腔《びくう》から彼女の香りも振り払えればいいのに。「なんでもありません」

カリーナは微笑《ほほえ》んだが、目元は笑っていなかった。「今こうしてあなたと歩いてるのが、とても不思議よ。最初の出会いからすると、こんなこと、想像すらつかなかったもの」

「強制捜査のときのことですか？　それとも、ぼくにぶつかってきたときのこと？」

「そっちがぶつかってきたんでしょ。まあ、どっちもどっちというか。とにかく、まともな形で会うのは、これが初めてってことね。それはそうと、第二の試練のことは、おめでとうを言わなきゃね。わたしの家令なんて、すっかり感激しちゃって、ずっとその話ばかりしてたわよ」

「あんなのはたいしたことはありません、殿下」マリクのほうが背は高いが、その差はわずかだった。格闘になったとして、彼女を組み伏せることができるだろうか。そのことを考えるだけで、吐き気がこみあげるのはなぜだ？

気がつくと、人工湖のほとりまできていて、桟橋で奏でられている音楽がにわかに大きくなった。カリーナは岸に打ち寄せる水につま先をひたした。「美しいわよね」

「本当に」そして、バカげた浪費だ。これだけの水があれば、オーボアじゅうの人々が何年ものあいだ、楽に暮らすことができる。ズィーラーンではもう十年間日照りがつづいているというのに、どうしてこれだけの水を溜《た》めこむことが許されるんだろう。

「すばらしくて、威圧的で、おそろしく無意味。ここの持ち主と同じ」カリーナはマリクのほうを見上げた。「あなたの人生もそうなるわ、もしソルスタシアに勝てば」

宮廷は大会の勝者を不正に操作しようとするかもしれないと、トゥーンデが言っていた。こうやってマリクのことを脅そうとしているのかもしれない。「どういう意味かわかりません、殿下」

カリーナはマリクの顔を一瞥《いちべつ》した。その瞬間、カリーナののどを切り裂いて真っ赤な血が噴き出るところが、浮かんだ。

「いっしょに踊って」

聞きまちがえかもしれないと、マリクは思った。けれども、断りの言葉を口に出すよりはやく、カリーナが彼を桟橋に引っぱりあげた。すると、曲が変わり、マリクは目を見開いた。知っている曲だったのだ。

「ここでは、ザフーオーを踊るんですか？」ザフーオーはエシュラの踊りで、結婚式や命名式などの祝いの席で踊る。ふたりで一枚のスカーフを持って踊るのだが、まちがえずに踊るには、相手とのあいだに絶対的な信頼がないと難しい。マリクは家族としか踊ったことはなかったけれど、それですら、うまくはできなかった。

「ズィーラーンは交易の都だからね。最終的にはあらゆる文化が集まってくるのよ」

マリクはぐっと目を細くした。エシュラの文化も歓迎されるってわけか。エシュラの人間がいっしょに入ってこなければ。

召使いから嵐の空を思わせる刺繡《ししゅう》の施された長いスカーフを受け取ると、カリーナは片端を自分の手首に結び、もう片端をマリクにわたした。ふたりのまわりに大きな人の輪ができ、好奇心に満ち満ちた視線が針のようにマリクの首筋を突き刺す。マリクがスカーフを結び終わると、ダンスが始まった。

一拍子目から、カリーナが主導権を握り、マリクは彼女のスカーフの動きに合わせて踊るはめになった。自分の足につまずかないようにしながら、体をひねって、回転し、上へ下へ、前へうしろへとステップを踏む。歌は、軽んじられた女が、村じゅうの女と寝ていた男へ復讐《ふくしゅう》を果たすさまが語られ、歌い手の力と怒りに、マリクは背筋がぞくっとした。カリーナは、まるでそうするために生まれてきたかのように音楽と一体となって踊っている。できることなら、恍惚《こうこつ》とした表情を浮かべて踊っているカリーナをひと晩じゅうでも眺めていたい。

音楽のリズムにつられるように、じきに、まわりを囲んでいた人々もみないっしょに踊りはじめた。カリーナはスカーフをマリクの首にまきつけ、ぐいとひっぱった。マリクがつんのめるのを見て、笑い声が起こる。マリクはぐっと歯を食いしばった。ザフーオーはズィーラーンで人気があるかもしれないが、もともとは彼の民の文化であり、彼の民の伝統なのだ。さまざまなものを失ってきたけれど、これまで失うのは嫌だ。

「失礼を承知で申し上げますが、殿下、ぼくをこっちへ連れてきたのは、ダンスだけが理由ですか？」マリクはそう言いながら、くるくると反対に回ってカリーナから離れ、ぴんと張ったスカーフを頭の上からぐるっと回して、またカリーナに近づいた。

「それだけじゃないわ。どうしてソルスタシアで勝ちたいのかなと思って」

一瞬の間が空き、カリーナは目をぐっと細めた。ふたりのあいだに芽生えはじめていた信頼が、マリクが答えを引き延ばすにつれ、崩れていく。マリクはソルスタシアに勝たなければならない。でも、勝ちたいと思っているのか？

その瞬間、マリクはカリーナの夫としてクサール・アラハリの富と権力を手にし、彼女と並んで立つさまを想像した。

だがそれは、カリーナはアディルと結婚するということであり、マリクとではない。勝てば、これからの人生を別人として生きることになる。自分の子どもに自分ではない名前で呼ばれ――。

ちがう、そんなことは問題じゃない。問題はナディアだ。ナディアの命を救うには、カリーナとの結婚なんて、一瞬でも考えるべきじゃない。

「自分がこんな状況になるとは思ったこともありませんでした。でもこうなった以上、結果はそれほど怖くありません」

マリクはうまく隙をついて、カリーナをくるりと回し、ぐっと胸に引き寄せた。彼女の背中が密着する。カリーナの顔に一瞬、驚きがよぎり、それからニッと笑みが浮かんだ。カリーナは両手を彼の首に回し、彼の手を自分の腰にやって、音楽に合わせて腰をぶつけてきた。マリクも、瞳《ひとみ》に星を躍らせ、お返しに腰をぶつける。母《マ》さん《マ》が見ていなくてよかったという思いがよぎる。

「ほら、今こそ、わたしにキスするのにぴったりよ」カリーナがささやき、マリクの世界が凍りついた。思わず彼女のふっくらした唇に目をやる。いたずらっぽい笑みが浮かんだ唇を。音楽がぐんと大きくなり、カリーナはくるりと百八十度回って、マリクと位置を入れ替わる。気がつくと、マリクの手首のスカーフをほどいて、両端ともつかんでいる。まわりで見ている人たちには、ふつうにふたりで踊っているように見えるだろうが、実際はカリーナが主導権を握っている。

カリーナが再びマリクを見たとき、彼女の目からなにかがしめだされていた。「あなたは、ふだんわたしに言い寄ってくる男の子たちよりいい人よ。だから、もう一度言っておく。どんな空想をしてるか知らないけど、わたしを巻きこまないで。これからは、ソルスタシアが終わったあとのことをよく考えたほうがいい――そのあと、どんな人生を送ることになるかを」

いつの間にか、桟橋の端まできていた。わずかに波のたった黒い湖面が数十センチ下に広がっている。ふたりともへとへとになるまで踊って荒い息をついていたが、マリクの体は活力がみなぎり、外へ外へと広がるように脈打って、温かく息づいていた。すると、カリーナが身を乗り出し、マリクは思わずのけぞった。カリーナの瞳に、アラハリ家の紋章に刺繡《ししゅう》されたグリフィンのかぎ爪のように鋭い光が宿った。

「わたしにかまってほしかったんでしょ。ほら、これでどう？」

そう言うと、カリーナはさっと手首を返し、凍るように冷たい湖へマリクを突き落とした。

第4章

カリーナ

「乱暴な言葉を使うことをお許しください、殿下。ですが、たまに本当にあなたのケツを蹴り上げたくなる」

むかいにすわっているトゥーンデが、骨まで達するような鋭い目でカリーナを見た。ふたりは、桟橋のまわりを漂っている小舟のひとつに乗っていた。ディンゴケックがラッパのような鳴き声をあげながら、舟を引っぱっている。兵士たちが湖からアディルを引きあげてから、半時間が経《た》っていた。アディルはびしょぬれになっていたが、けがはなく、着替えのためにダル・ベンシェクルーンに連れていかれた。アディルが水中でもがいているようすを思い出して、カリーナはニヤッとした。これでもう、優勝したいなんて思わないはず。つまり、アディルを殺す心配はもうしなくてよくなる。

あとは、トゥーンデだけだ。ふたりのあいだになにがあったにしろ、トゥーンデのことだって殺さずにすめばそちらのほうがいいに決まっている。付き合っていたとき、勇者にはなりたくないと何度も言っていた。だから、あとは、トゥーンデにそれを思い出させてやるだけでいい。

「あら、わたしのおしりに興味を持ってくれるなんて笑える」カリーナは言った。

「ぼくなら、笑えるなんて言わないな。だいたい、話をずらすなよ。アディルにあんな仕打ちをするなんて」

まえなら、媚《こ》びたように笑ったり、ちょっといちゃついてみせたりすれば、つまらない話題を終わらせることができたのに、今のトゥーンデの表情を見れば、そんな頃などなかったような気になる。カリーナは舟べりに寄りかかって、湖面にスーッと手をすべらせた。本当は、トゥーンデと小舟に乗る気などなかったのだけれど、アディルひとりを特別視しているように思われないためにも、勇者全員とそれぞれ話したほうがいいと思ったのだ。

「競争相手なのにずいぶんかばうのね」

「アディルのことを競争相手だというなら、つまりぼくはソルスタシアの試練を本気で闘わなきゃならないわけだけど——そんな気はない」

トゥーンデにもともと勝つ気がないなら、勝者はドリスかアディルになる。そのふたりのうちひとりを殺さなければならないとしたら、どちらを選ぶかははっきりしている。ドリスの命なら、母の命と引き換えにするのに見劣りはしない。ズィーラーンの人々は、真の女王《スルタナ》を取りもどさねばならないのだ。

トゥーンデはつづけた。「それに、ぼくはアディルが好きなんだ。彼を見ていると、ぼくたちも彼のようになれたかもしれないって思うんだ。もし、ぼくたちが育ったのが、こんな……こんな環境じゃなきゃね」

トゥーンデは宴《うたげ》の会場を指し示した。カリーナは幾度となく宮廷で催されるお祭騒ぎに参加してきたが、それでも、今回のミッドウェイの規模はこれまでにないものだった。まさに夢からそのまま出てきたような宴だったが、昨夜、目にした恐怖のことを思うと、とても楽しむ気にはなれない。膝においた両手をぎゅっと握りしめ、母がもどってきたら、強制捜査に関わった者全員にふさわしい罰を与えようと、ひそかに誓った。

「アディルには、そっちの暮らしのほうが幸せかもね」カリーナは小声で言った。そして、顔をあげると、トゥーンデがまたこちらをじっと見ていた。トゥーンデのことはよく知っていたから、なにかききたいことがあるのがわかった。「なにか言いたいことがあるなら、さっさと言って」カリーナはぴしゃりと言った。

「カリーナ、なにかあったのか？　いつもとようすが……ちがう」

カリーナは顔をしかめた。このせいで、ふたりの関係はうまくいかなかったのだ。トゥーンデは、気持ちとかそういう面倒くさいものについて話したがった。それが、カリーナには我慢ならなかったのだ。

「人は変わるものなのよ、アデトゥーンデイ。六か月もしゃべらなければ、変わって当然よ」トゥーンデがなにか言うまえに、カリーナはつづけた。「アディルがもどってきたら、もう一度ダンスを申しこまなきゃ。アディルってステップを踏むのが速いの。これまで踊っただれよりもね」カリーナは首をかしげてみせた。「あなたがいいなら、だけど」

トゥーンデの凍るような目つきがもどってきた。「きみがだれと踊ろうと、ぼくには関係ない」

いじわるな気持ちが刺激され、心のなかでにんまりとする。〈水〉の勇者であり、魅力的な笑顔と頭の回転の速さで有名なアデトゥーンデイ・ディアキテイが、妬《や》いているのだ。まあ、しょうがない。わたしがトゥーンデだったら、やっぱりわたしに惚《ほ》れるもの。

そこで話をやめて、あとは黙って湖面を漂うことだってできただろう。でも、トゥーンデが思った以上に真実を見抜いていることが、気に入らなかった。相手が真実に近くなれば近くなるほど、こちらの立場は弱くなる。弱い人間はかっこうの餌食となるのだ。そのせいで、カリーナはつい前に身を乗り出して、こう言った。「あなたとアディルの本当のちがいはなんだかわかる？　アディルは確かに心配性だけれど、少なくとも失敗を恐れる気持ちをユーモアでごまかしたりはしないのよ」

トゥーンデは殴られたように身を引いた。トゥーンデも思い出しているのだろうか？　ついこのあいだまで、ふたりで抱き合っていたことを。本当の愛ではなかったかもしれないけれど、愛からかけ離れていたわけでもなかった。ようやく口を開いたトゥーンデの声には、あきらめの響きがあった。「きみがだれかれかまわず嚙《か》みつく代わりに、なにかのために闘う決意をする日がくることを祈るよ」

そう言って、トゥーンデは顔をそむけた。カリーナはごくりとつばを飲みこんだ。たちまち、今の言葉を取り消したくなる。弱さを目にしたらまずそこを叩《たた》くという自分の本能が嫌だ。でも、どうすればやめられるのかがわからない。何年ものあいだ、その剣は務めを果たしてきた。その結果、カリーナと世界のあいだにできた裂け目は、かつてないほど大きくなってしまったのだ。

でも、トゥーンデとアディルが自分を憎み、ソルスタシアに勝ちたくないと思えば、それが彼らを救うことになるのだ。そのせいでなにかが損なわれても、ふたりの命には代えられない。

これ以上トゥーンデのみじめな顔を見ていられなくて、カリーナは湖岸のほうを眺めた。アディルはようやくもどってきていたが、新しく着替えた服は大きすぎた。カリーナはぐっと目を細めた。あのまま帰ると思ってたのに。さっきの警告がどれほど伝わったのかはわからなかった。あとは、自らの手で彼を物理的にズィーラーンから追い出すほかにない。

「舟をもどしてくれる？」カリーナは命じ、小舟は桟橋へむかいはじめた。桟橋が近づいてくると、ムワレ・オマルとアディルの会話がとぎれとぎれに聞こえてきた。

「やあ、おかえり！」ムワレ・オマルが大きな声で言い、アディルの背中を叩いた。「心配するな、わたしも若いころはしょっちゅう痴話げんかをしたものさ」

カリーナはあきれて空を仰いだ。カリーナなら、ダンスの最中に偶然湖に落ちたのを「痴話げんか」とは言わない。でも、人はいちばんおもしろい解釈に飛びつくものだし、そこにたいして真実が含まれていなくても気にしないのだ。

「腹は空《す》いてないか？　ワインは？」アディルはもうじゅうぶん足りていると言おうとし

たようだが、ムワレ・オマルは通りがかりの召使いを大声で呼んだ。「おい、そこのおまえ！」

十歳以上には見えない少年が、胸にしっかりと壺《つぼ》を抱いたまま、走ってきた。

「はい、だんなさま」少年のしゃべり方にはエシュラの強い訛《なま》りがあった。アディルの顔にみるみる恐怖が浮かび、それを見ていたカリーナまでが腕の毛が逆立つのを感じた。ほんの数日まえなら、こんなやりとりは記憶にも残らなかったかもしれないが、あの強制捜査での出来事のあとでは、どうしても目が引きつけられた。

ムワレ・オマルは周りのテーブルの空になった皿を指さした。「もっと食べ物を持ってこい」

「申し訳ありません、だんなさま」少年は右足から左足へと体重をかけながら、もごもごと言った。「ですが、ぼくが働いているのは厨房《ちゅうぼう》ではないので、ちょっと時間をもらえましたら――」

「わたしの命令は聞こえたか？」

「ぼ、ぼくはすでにやらなきゃいけないことがあって、それに、まえもってだんなさまが命令なさったから、ぼくは厨房へ入れないんです。代わりの者を探して――」

「こっちへこい」

「本当にぼくは大丈夫です」アディルが言って、ムワレ・オマルと少年をかわるがわるに見た。「お腹は空《す》いていませんから」

「こっちへこいと言ったんだ」ムワレ・オマルはくりかえした。

少年はじりじりと前に出た。壺をますますきつく抱きしめたせいで、細い腕に走っている血管が黒い肌に浮きあがる。

「名前は？」

「ブェイディです、だんなさま」

「よし、ブェイディ、おまえが故郷と呼んでいる鼠穴《ねずみあな》ではどう教わっているか知らんが、ここズィーラーンでは、目上の者には敬意をもって話さねばならんのだ」

ブェイディの唇がわななき、横からアディルが言った。「そこまでなさらなくてもいいのでは」

「若いうちに自分の立場をわからせておかねば、こやつらは、一生わきまえぬままなのだ」ムワレ・オマルは馬の調教の話でもしているような冷ややかな口調で言った。

アディルはぐっと縮んだように見えた。まるで跳ね返ろうとたわむバネのように。第二の試練のときのように、またアディルに引きつけられるのを感じたが、この距離からでは口の出しようもない。

「もういってもいいでしょうか?」ブェイディは壺《つぼ》の陰に隠れるように身をすくめた。

「これをなかへ持ってくるように言われているので」

「まずわれわれに食べ物を持ってきてからだ」

「でも、それはぼくの仕事じゃないんです」少年は泣きそうになりながら言った。

ムワレ・オマルの顔が残酷にゆがんだ。「おまえは、やれと言われたことをやるんだ。無礼なこぞうめ……」

ムワレ・オマルが手を振りあげ、カリーナが船長に早くもどってとさけんだとき、声が響いた。「やめてください!」

アディルが老人の手首をつかんで、うしろへ引いた。その場にいた全員が凍りつき、その隙にブェイディは飛ぶように逃げていった。

ムワレ・オマルはアディルの手を振りほどくと、歯をむいた。「どういうつもりだ?」

「子どもを叩《たた》こうとなさったから!」

「たかがエシュラのガキじゃないか。あいつらはうじゃうじゃとズィーラーンに押し寄せてくるんだ」

ここ数か月、エシュラから大勢の難民がやってきているのは、本当だった。数えきれないほどの理由が、人々のあいだを飛び交っている。川熱。部族間の紛争。怠惰で、自分たちでは働かずにズィーラーンの富のおこぼれにあずかろうとする連中だから。どれを信じていいのか、カリーナにはわからなかった。エシュラの民とは話したこともないし、彼らの住む土地が実際、どれだけの状況にあるのか、知らなかったからだ。

「もしあなたの息子があんなふうに扱われていたら？」アディルは言った。

「わたしの子どもとやつらをいっしょにするな。なぜあんなケッキーのことを気にするんだ？」

アディルはまた顔をゆがめ、目を伏せた。

「ぼくはタラフリィで育ちました」アディルはかすれた声で言った。「ぼくの故郷では、エシュラの人たちはぼくやみなさんと変わりませんでした。ぼくたちは敬意をもって彼らに接しましたし、彼らもそうでした」

顔にさげすむような表情を浮かべ、ムワレ・オマルはアディルを見下ろした。「きみはまだズィーラーンにきて日も浅いが、ここでのやつらとの付き合い方は、きみのところとはちがうのだ。やつらは群れをなして都にやってきて、われわれの金やものを懐にためこむのだ」

「しかも、やつらにはなんの取引の技術もない」ドリスが横から言った。〈太陽〉の勇者はあからさまにムワレ・オマルのほうへすり寄り、宮廷の人々のお気に入りの地位を取りもどそうとしていた。

「エシュラの人たちだって、作物の収穫がすべてズィーラーンの人たちのものにならなければ、あそこまで貧しくないかもしれない」アディルはなおも言った。

「いやあ、どうかな」ドリスがわざとゆっくりと話すのを聞いて、カリーナはこれまで感じたことがないほど強烈に相手の顔を殴りつけたい衝動に駆られた。「ズィーラーンには、山岳地帯の村ぜんぶを合わせた人口の一千倍の人間がいるんだよ。エシュラの連中は、自分たちでは食べきれないほどの食料を生産しているんだから、われわれにたっぷりと寄こすのは当然じゃないか。そもそも、連中との貿易の取り決めはまったくの合法なんだ」

「何世紀もまえの、しかも戦争をちらつかせての取り決めなんて、合法とは思えない」

「そもそも、国として認められている相手にしか、戦争はしかけられないだろ」ドリスは、無知な子ども相手に話すようにゆっくりとしゃべり、宮廷の人々もうなずいた。「エシュラの民には国の元首もいない。やつらの土地へわれわれがいったときは、まともに通れる道路すらなかったんだ。われわれのおかげで、暮らしが楽になったんだぞ」

「ズィーラーンがエシュラの民にそんなによくしてくれたなら、どうして部族間の紛争を放っておくんだ？　ぼくたちを守ってくれることになっている人たちなのに、どうして見殺しにする？」

「ぼくたち？」

アディルのしゃべり方には、西の地方の訛《なま》りがうっすら感じられた。アディルの故郷のタラフリィはオジョーバイ砂漠とエシュラの土地との境界線にある。とはいえ……。

ようやく小舟が桟橋につき、カリーナはトゥーンデを待たずに舟をおりると、輪になっている人々のほうへずかずか歩いていった。ここはムワレ・オマルの館かもしれないが、カリーナの都であることには変わらない。自分の見ている前で、評議員たちが子どもを殴ってまわるのを見過ごすわけにはいかない。アディルが、いやしい召使いの子どもをあれほどかばう理由はわからないけれど……。

けれども、あいだに入ったらどうなったかは、わからずじまいだった。というのも、カリーナがたどりつくまえに、さけび声が響き、いきなり小さな体に突き倒されたからだ。

鋭い爪に顔をひっかかれ、かろうじてケンシャー語でわめいているエファの顔が見えた。

「連れていかれたのよ！　よくもあんな！　手伝ってあげたのに！」

だが、すぐに兵士たちがエファを捕らえ、ひざまずかせた。エファが悲鳴をあげる。兵士のひとりが、カリーナを守るように腕を伸ばしたが、カリーナはそれをどけた。

「やめなさい！　乱暴はやめて！」カリーナはどなった。頬のひっかき傷から血がにじみ出す。兵士たちはエファを押さえつける手は離さなかったものの、力をゆるめた。唖然《あぜん》としている宮廷の人々を無視し、カリーナは少女のかたわらに膝をついて、ケンシャー語でたずねた。「どうしたの？　だれがだれを連れていったの？」

「あたしの家族よ！　あなたの兵士たちが、あたしの家族を連れていったの！」

「え？」カリーナは驚きを隠せずにきき返した。

エファの反抗的な態度はたちまち恐怖に変わった。「本当に関係してないの？」

「父《ババ》の墓にかけて、なんの話かさっぱりわからない」

カリーナが認めることができたのは、ケンシャー語でしゃべっていたからだ。宮廷の人々に、ズィーラーンに関わる情報をほとんど知らないなんて、わざわざ知らせる必要はない。

カリーナはエファを押さえつけている兵士をどなりつけた。「すぐにその子を放しなさい」兵士が従わなかったので、カリーナは鋭い口調で言った。「王女からの直接の命令に逆らうつもり？　今すぐ放して」

従う代わりに、兵士はジェネーバ大宰相の顔を見た。カリーナはかっと頭に血が昇った。

「殿下、その話のつづきはなかでしたほうがよいでしょう」大宰相はそう言って、周りに集まっている宮廷の人々をちらりと見やった。カリーナはぐっと歯を食いしばり、うなずいた。ジェネーバ大宰相が命令して初めて、兵士たちはエファを放し、カリーナと評議員たちをダル・ベンシェクルーンの建物内へ送り届けた。

玄関に入ると、壁にムワレ・オマルの狩りの戦利品がずらりと飾られていた。ライオンや象やヒョウの頭がじっと彼らを見下ろしている。評議員たちは、凍りついた獣たちの下に立ち、カリーナはエファの横に並んだ。

「エファ、なにがあったか説明してくれる？」カリーナはこれ以上少女を怯《おび》えさせないよう、努めて冷静な声で言った。

「今日の夕方、また河市場で強制捜査があって、近衛兵《センティネル》たちがまっすぐあたしの家族のテントにやってきた。あたしはぎりぎりで逃げ出したの」エファは本来の幼い少女にもどっていた。「あたしたち、なにかしたの？　どうしてあたしたちのことを？」

　また強制捜査が行われた。そして、カリーナはそれに対してなにもしなかったのだ。カリーナは評議員たちのほうにむき直った。「いったいどういうこと？」

「覚えておられるかわかりませんが、殿下、われわれは例の事件に使われた剣がアークェイシーの王《ヘネイ》の武器庫にあったものだと特定したのです。その手掛かりをたどり、アークェイシーとつながっている者たちの捜査に踏み切ったのです」

「もしオーセイ王がなにかしたのだとしても、あたしたちにはなんの関係もないのに！」

　エファはさけんだ。カリーナもうなずいた。エファの家族と過ごした晩のことが浮かぶ。たったひと晩だけだったけれど、家族がいるということがどういうことかを思い出すことができた。カリーナの家族は奪われてしまったけれど。アディルがズィーラーンの兵士たちのやり方を非難していたのを思い出し、一連の不当な捜査へのいら立ちがつのる。

「アークェイシーの王《ヘネイ》は、じゅうぶんな理由もなく自分の配下の者たちが逮捕されたと知ったら、激怒するはず。戦争行為だと取られても、おかしくないわ」カリーナは言った。

「だとしても、そのときがきたら対処するまでです。今の時点で、いちばん優先されるべきは、正義が果たされることですから」

自分たちがなにを言ってるか、わかってるの？　誇りある議長なら、戦争になるかならないかのギリギリの線に近づいたりしない。そんなことをするのは……。

そんなことをするのは、本当に戦争を始めようとしているときだけ。

ハヤブサが死んでからの評議会の動きの意味が、ふいにはっきりした。女王《スルタナ》の暗殺は、宣戦布告のじゅうぶんな理由になる。評議員たちはほぼ全員、戦時にもうかる産業に関係している。しかも、もし戦争となっても、盾ひとつ持たずにすむ立場にいるのだ。

ハヤブサがいない今、それを止める者はいない。

「取り調べの名のもとに拘留されているアークェイシーの人たちを全員、すぐに釈放しなさい」カリーナは命じた。

だれも動かなかった。ジェネーバ大宰相はため息をついた。「申し訳ありません、殿下。殿下がなにを信じてらっしゃるにしろ、戴冠式はまだ行われておりません。殿下はまだ女王《スルタナ》ではないのです。兵士たち、殿下をお部屋までお連れして。そっちの娘は連行して、尋問しなさい」

カリーナの背筋を冷たいものが走った。近衛兵《センティネル》がふたり、物陰からぬっと姿を現す。手にはすでに、骨の柄の剣が握られていた。

「いや！」兵士たちに囲まれ、エファがさけんだ。空気が、あの洞窟のときと同じようにパチパチと音を立てはじめ、エファが魔法の力を呼び出そうとしているのがわかった。魔法とズーウェンジーの秘密はまだ伏せられているが、エファの正体が知れたら、評議会がなにをするか、わかりはしない。でも、目の前で家族を奪われた少女を落ち着かせるなんてできない。

それに、近衛兵《センティネル》たちも気になる。エファに近づいてくるようすには、なにかある。なにかつながりがあるような気がするが、それがなにかはわからない。魔法と非情な力とがぶつかり合うことになれば、どちらが勝利するのだろう。

数メートル離れたところから、ファリードが評議員たちとカリーナを見比べ、すでにぐしゃぐしゃになっている髪をかきあげて言った。

「カリーナ、お願いだから、大宰相たちの言うとおりにしてくれ。朝までには誤解を解くから」

ファリードのせっぱつまった声を聞いて、カリーナはわれに返った。

「エファ、今は闘わないで」カリーナは静かに言った。エファの身になにかあれば、自分のことを決して許せないだろう。「ぜったいにあなたをひどい目に合わせたりしない。だから、おとなしく彼らといって」

エファは確信しきれないようすでカリーナのことを見てから、がっくりと肩を落とした。パチパチと音を立てていた空気の緊張が薄らいでいく。カリーナとエファはそれぞれ近衛兵《センティネル》たちに反対方向へ連れていかれた。

カリーナはさけぶこともできた。どなることもできた。ついこのあいだまでなら、その両方をしていたかもしれない。でも今は、評議員たちに取り乱した姿を見せるくらいなら死んだほうがましだった。

だから、頭を高くあげ、まわりのささやき声も無視し、近衛兵《センティネル》たちに連れられてクサール・アラハリへもどっていった。

手のひらの爪の食いこんだ跡から血が出ていることに気づいたのは、ひとりきりになってからだった。

第5章　マリク

カリーナが出ていくと、みな、その話でもちきりになった。王女はアークェイシーの大使一家から巨額の借金をしていて、返すのを拒んだらしい、いいや、王女がアークェイシーの王《ヘネイ》を侮辱したために償いをさせられるのだ、ちがうちがう、本当はなにがあったかっていうと……。

反抗的、やる気がない、無分別、ふしだら。カリーナの性格について次から次へみなが勝手なことを言っているのが聞こえてくる。ワカマの試合で手にした人気が、醜聞が流れたとたん、蒸発してしまったかのようだ。自分を湖に突き落としたカリーナのことを好きかといえばもはやわからないが、いくらなんでもひどすぎる。こんなふうにだれかのことを言っていいわけがない。

でも、それから、酔っぱらった法学者がオィンカを乗り回して回転木馬にぶつけ、夜が明けるころには、話題の中心はそちらへ移っていた。トゥーンデが、二十四時間ぶっつづけでどんちゃん騒ぎをすると言ったのは、決して大げさではなかったのだ。十時間経《た》ったあたりで、マリクはこのままじゃ死んだっておかしくないと思いはじめた。

またお酒を胃に流しこみ、またダンスを踊る。ムワレ・オマルはとうに酔って花壇にすわりこみ、踊り子たちが膝にのってクスクス笑っている。マリクにもこちらにこいと声をかけてきたが、また別の人間がマリクを引っぱっていって、アグラム（ニジェール共和国にルーツを持つカードゲーム）に参加させ、それからまた別の人間ががっしと手首をつかみ、娘だという少女を紹介した。ワインのくどい甘さと湖の水の味が口のなかで交じり合い、もう湖からあがって何時間も経つというのに、まだ波間に引きずりこまれる感覚が残っている。

ここにきたのには理由がある。それははっきりとわかっていたが、それがなんだか、思い出せなかった。ここにきたのは……カリーナ王女と踊るためだ。いや、ちがう。ここにきたのは……ナディアだ！　そうだ、ぼくはナディアを探してるんだ。ナディアはどこだ？　ナディアの名前をさけんでみたが、返事はない。恐怖に駆られて、さらに声を張りあげるけれど、周囲の喧騒《けんそう》に呑《の》みこまれてしまう。宝石と富と名声にあふれる夢のような世界で、マリクが求めているのは小さな妹だけだった。

「ナディア!」マリクはまたさけんだが、だれかに口をふさがれ、見世物の動物たちのいるテントに引っぱりこまれて、地面に倒れこんだ。

「そこいらじゅう探したんだから!」レイラがどなった。マリクは横むきになって、腹を押さえ、うめき声をあげた。

「吐きそう」情けない声で言うと、レイラはキィキィわめき散らしている猿たちの檻《おり》の横に転がっていたバケツをひっつかんで、マリクの前にバンと置いた。マリクは今夜二度目にもどしたが、残念ながら一回目ほど楽にはならなかった。

「あんたはワインに弱いでしょうが!」レイラは小言を言いながら、マリクをすわらせてくれた。動物のテントは、外のやかましさに比べれば静かで、ほっとした。動物たちの排せつ物の臭い、錆《さ》びた道具類、かたわらでレイラがもぞもぞしている感触。よく知っているものばかりだ。うちにいるみたいだ。

ムワレ・オマルとブェイディのことが思い出され、胃がよじれるような気がした。それまでは、ムワレ・オマルのことを、見栄っ張りだが気のいい老人だと思っていた。けれども、あの瞬間、ムワレ・オマルはたちまち残酷で卑しい男と化した。それも、エシュラの少年が自分に刃向かったと勘違いしただけで。

マリクの民がひどい扱いを受けるのは当然だと言ったときのドリスのうぬぼれた表情を思い出すだけで、さけびだしたくなる。エシュラの民をかばうだけで、あんな反応を示すのだとしたら、マリクがエシュラだと知ったら、どうなるだろう？　彼らのように話し、彼らのように振る舞っているうちは、マリクも受け入れられる。しかし、本当の姿を知られたら最後、たちまちあの少年と同列に見なされるのだ。それどころか、もっとさげすまれるかもしれない。

顔をあげ、姉を見つめる。レイラはいつもよりはいらだったようすだが、それでも彼よりはだいぶましだった。「どうしたの？　なにかあった？」

「いつあたしに言うつもり？　このあいだの夜、カリーナ王女といっしょだったって」

またもやのどに苦いものがこみあげたが、なんとか呑《の》みこんだ。「言いたかったんだけど、時間がなかったんだ。務めを果たせなかったのは、そのときは彼女がだれだか知らなかったからだよ」

レイラはフンと鼻を鳴らした。「でしょうね。きっと、せっせと相手に取り入れば、殺せるとでも言うつもりなんでしょ」

今夜はこれ以上ひどくなりようがないと思ったのに、〈大いなる女神〉は予想を裏切ることにしたらしい。「そういうことじゃないんだ」

「あらそう？　あたしには、王女の吐き出す空気にだってキスしそうに見えたけどね。王女にすっかり夢中になって、そもそもどうしてこのクソったれの都にきたかってことすら忘れたように見えたけど！」

こんなバカバカしい話は聞いたことがない。たしかに、カリーナはきれいだし、その気になればびっくりするくらいやさしい。それに、強制捜査のときも、彼女といっしょだとどれだけほっと安心できたか。いや、だとしても、それは愛じゃない。だいたい、だからといって、彼女の一族が何世紀にもわたって彼の民を抑圧してきたという事実は変わらない。愛でも癒すことのできない傷はあるのだ。

「ぼくが湖に落とされたことは、忘れたわけ？」

「王女のほうがあなたに恋しているとは言ってない。エーニーおじさんの娘に片思いしていたときのこと、忘れた？　彼女がくるたびに、熱に浮かされたまぬけみたいになってた。王女といっしょのとき、まさにあのときと同じ顔をしてるわよ。一分一秒たりとも、彼女と離れたくないって思ってるような顔」

マリクはうつむいて、自分の両手を見つめた。怒りのあまり、声が出ない。レイラはため息をついた。「まあ、愛っていう言葉はちょっと強すぎるかも。勇者になってからのあれこれにすっかり夢中になっちゃってるだけかもね。でも、肝心のナディアのことに関しては、ちっとも進展がない」

マリクのなかでなにかがねじれ、気がつくとさけんでいた。「この状況がどんなに大変か、わかってる？」

レイラはたじろいだ。レイラにもマリク自身にも、こんなふうに弟が姉に盾突いた記憶はなかった。だが、マリクはなおもつづけた。「ソーナンディじゅうでだれよりも厳重に警備されている人物に近づくのがどんなに大変か、わかってる？　毎日毎日あらゆることに怯《おび》えて、一秒たりとも休まるときがないのがどんなだか、想像できる？」

「ええ、できるわよ。大変でしょうね、何千っていう人に愛されて、望めば望むだけの食べ物や贈り物をもらって、どこへいってもちやほやされるのって！　それでまだ、妹を助けられていないなんて、最低よ！」

「一日目から、救おうとした！」

「やろうとするだけじゃ、だめなのよ、マリク！」レイラは片手で髪をかきあげた。その瞬間、父にそっくりに見え、マリクはビクッとした。「あたしにあなたみたいな魔法の力とチャンスがあったら、今、こんな言い争いはしてなかったでしょうね。ナディアはとっくに救われてたでしょうから！」

マリクの目がじわっと熱くなる。答えるより先に涙がこぼれ落ちていた。

「ぼくがだめだとか、なにもうまくできないとか、自分のほうができるとか、そういうことしか言わないよね」マリクがしゃくりあげた。「なにをやってもだめだとか、どれだけいつもがっかりさせてるとか、言われなくてもわかってるさ！」

レイラは両脇で手を握りしめた。「どうしてほしいわけ？　謝ってほしい？　妹が邪悪な霊に引き裂かれるのを見たくなくてごめんなさいって？　これまでずっと、何の見返りも求めずに、あなたたちの面倒を見てきてごめんなさい？　いっつもあたしだけが答えを出さなきゃいけなくて、しっかりしてなきゃいけないことを、謝ったらいいわけ？　たしかに、あたしがなにもしなければ、今ごろあんたがこんな臆病者にならなくてすんだかもしれないわよね！」

レイラはぱっと立ち上がった。「ソルスタシアはもう半分過ぎたのよ。なのに、あたしたちの妹はまだ、イディアのところにいる。こんなところで時間を無駄にしてる暇はない。

あなたなしでもナディアを救う方法を考える。あなたは……好きにすればいい。もう邪魔はしないから」

レイラは一瞬、テントの出口で立ち止まった。マリクの胸に希望が芽生える。もしかしたら、まだ取り返しがつくかもしれない。

「父さん《ババ》もこんなだった」レイラの声は冷ややかだった。「父さん《ババ》は自分がしたいことしかしなかった。それが、どんなにまわりの人を傷つけようと平気。あなたがこの幻想のなかで生きていたら、いつかしっぺ返しを食らう。必ずね。結局のところ、父さん《ババ》もあなたも変わらないのかもね」

そう言い残して、姉は出ていった。

マリクは猿の檻《おり》の横にうずくまり、長いことそのままのかっこうでいた。宮廷の人たちは、彼がどこへいってしまったのだろうと思いはじめているかもしれない。でも、それを気にする力はもはや残っていなかった。

父さん《ババ》。レイラはマリクのことを父さん《ババ》と同じだと言った。

父さん《ババ》が出ていってから五年だ。マリクの人生の三分の一にも満たない。でも、父さん《ババ》がいなくなってから、永遠とも思える時間が経《た》っているように感じた。父さん《ババ》のようになりたいと、ひたすら願った時期もあった。いや、それだと正確ではない。父《パパ》さんが望むような人間になりたいと、願っていたのだ。そして今、自分は……ただの臆病者だ。

低いシュウウウという音がして、見上げると、亡霊たちが彼を守ろうとするように寄り集まっていた。亡霊たちは、マリクがいちばんつらいときに必ず現れる。マリクは弱々しく微笑《ほほえ》んだ。彼らを見て、恐怖よりも安堵《あんど》を感じたのは初めてだった。まさかこんなふうに思うようになるなんて。

「カリーナを見つける手助けをしにきてくれたわけじゃないよな？」マリクはかすれた声で言った。亡霊たちはじっと彼を見つめた。マリクはため息をついた。もちろんこんなことが二度もうまくいくはずがない。

金床に打ちつけられているかのように頭が痛む。マリクは立ち上がった。テントに差しこむ光のようすからして、あと数時間で正午だろう。

「ほら、だれもいないみたい！」

「叱《しか》られるわよ」

二組の足音が近づいてきた。マリクの鼓動が速くなる。さっとテントを見まわしたが、隠れるところなどどこにもない。

「女の子たちがテントに入る、なかにはだれもいない」マリクは小声でつぶやいた。魔法が骨のあいだを縫うように広がり、全身が温かくなる。マリクが息を殺していると、テントの入り口がバッと開いた。

「ほらね、言ったでしょ。だれもいないわ！　早く入って！」

女の子たちが手足を絡めるようにして倒れこむのと同時に、マリクはすばやく外へ出た。だれかに呼び止められるだろうと思ったが、人々の視線は彼の体を素通りしていく。マリクは茫然《ぼうぜん》と自分の手を見つめた。完全に透けている。足元の砂や土の色と同化している。あの〈しるし〉さえ見えなくなっていたが、手の甲をぐるぐると回っているのは感じられる。

数時間ぶりに、本物の笑みが唇に宿る。これまでは、彼の紡いだ幻はすべて、自分やほかの人たちとは別の、独立したものとして存在していた。でも、今は自分が幻そのものなのだ。新しい力の使い道がどれだけあるか、想像が追いつかないが、今の目的はひとつだけだ。昼間の空に浮かびあがるクサール・アラハリの輪郭をちらりと見やる。

今なら、ズィーラーンじゅうの貴族がこのミッドウェイに参加している。つまり、クサール・アラハリのなかはほとんど人がいないということだ。カリーナ以外は。近衛兵《センティネル》たちがカリーナを連れ出したあと、彼女の部屋まで連れていったのかはわからなかったが、それでも、宮殿から探すのがいいだろう。ソルスタシアの四日目が終わるまでまだ数時間ある。ここから抜け出して、もどってくるだけの時間はじゅうぶんだ。

ぼくは父さん《パパ》とはちがうし、決して父さん《パパ》のようにはならない。何度失敗しようと、決して家族を見捨てたりしない。

「さあ、いこう」マリクは亡霊たちに言った。「王女を見つけなきゃ」

亡霊たちはおとなしくついてきた。人々のあいだを縫ってミッドウェイを出ると、宮殿へむかって走りはじめた。目に見えない手に〈霊剣〉をしっかり握りしめる。

レイラが言ったことは、まちがっている。今度こそぼくはカリーナ王女を殺す。ぼくはぼくだと証明するために。

第6章
カリーナ

ハミードゥ司令官はまちがっていた。クサール・アラハリに、裏切り者がひとり紛れこんでいるのではない。

裏切り者は十数人いる。評議会は裏切り者だらけだ。彼らは好機と見て取るや、ためらうことなくカリーナから権力を奪い取るだろう。ズィーラーンの民は、カリーナの弱さゆえに苦しむことになるのだ。

カリーナは指にはめた母の指輪を左右へねじりながら、自分の部屋をうろうろ歩き回った。ミッドウェイの会場を連れ出されてからずっとここに閉じこめられている。ソルスタシアの四日目も、もう日が暮れようとしていた。窓からまだ宴《うたげ》のこうこうと輝く光が見え、宮殿の石の壁を通して、音楽の脈動が伝わってくる。外の世界との唯一の接点は、食事を運んでくる召使いだけだった。入ってくるたびに、カリーナはあれやこれやと話しかけたが、召使いは逃げるようにお盆だけおいて出ていった。例のだれも使っていない召使い用の出入り口もふさがれていた。何年ものあいだ、この脱出路のことはだれも知らないだろうと思っていたけれど、評議会の面々はずっと知っていて、調子を合わせていただけだったらしい。

まえからクサール・アラハリは美しい牢獄《ろうごく》のようだと思っていたけれど、今では本物の檻《おり》だった。

最後の試練は明日の日没から行われる。閉会の儀はその二日後だ。よみがえりの儀式を行うとすれば、あと三日しか残されていない。なのにまだ、サントロフィのなぞなぞも解けていないし、そもそも儀式に必要なものも集められていない。またこめかみの生え際からじわじわと片頭痛が襲ってきて、歯を食いしばって痛みをこらえながら、この窮地から脱する方法を考えようとする。

アミナタは評議会が都を手中に収めていることを知らないはずだ。知っていたら、カリーナに接触しようとするはず。そうよね？　あんなふうにアミナタに怒鳴るんじゃなかった。あんな仕打ちをしていなければ、今ごろここにきて、悪いほうへ転がる一方の状況から抜け出す方法をいっしょに考えてくれただろうに。

それに、エファのことも考えなければならない。いくら魔法の力があるとはいえ、彼女はまだ子どもで、外国の地で捕らえられているのだ。エファのことを守ると誓ったのに。彼女の信用を裏切ってしまった。

母をがっかりさせたのと同じように。

かつて父《パパ》やハナーネをがっかりさせたように――。

頭蓋骨を斧《おの》で叩《たた》かれているような痛みが、全身を貫く。ぶざまなかっこうで床に倒れ伏したまま、次に意識を取りもどしたときは、口のなかに苦い液が溜《た》まっていた。涙で目がひりひりし、世界がぐるぐる回る。

わたしには無理。評議会を止めることなんて、できない。ズィーラーンの民を守れない。父《パパ》と姉のことを考えるだけで、打ちのめされるのに。

でも、母ならできる。

評議会の手から都を取り返すことができるのは、母だけだ。ズィーラーンの民はいまだかつてないほど、母を必要としている。カリーナなどよりも民が、母を必要としているのだ。

カリーナは震えながら体を起こした。そろそろ召使いが夕食を持ってくるはずだ。つまり、計画を立てなければならない。この状況をなんとかしたければ、ハイエナのように考えるしかない。伝説のトリックスターに解けない謎はない。

紅血月花は、闇のむこうの闇にしか育たぬ。神でない神の骨から力を得よ。川に運んでもらうがよい。

アディルは、「神でない神」はケヌアのファラオのことではないかと言っていた。ズィーラーンは〈ファラオの戦い〉の後、廃墟《はいきょ》となったケヌアの砦《とりで》の上に建てられた。つまり、この言葉が指しているのは、都のどこだっておかしくない。それに、「闇のむこうの闇」というのは、比喩なの？　それとも、言葉通りに考えるべき？

「川に運んでもらう……川に運んでもらう」ぶつぶつとつぶやきながら、目をしばたたかせて涙をこらえ、こめかみをもむ。ゴーニャマー川はケヌアの中心だったが、今では、都の地下の貯留槽にわずかに残されているだけで、ズィーラーンの井戸の水源となっている。

都の地下に入ったことがないが――。

いや、一度ある。

ソルスタシアの前夜に、母に女王《スルタナ》の聖所に連れていってもらったとき、水のにおいがした。ゴーニャマー川は、半径数百キロ内で唯一の水源だ。都の地下深くに水が流れているとすれば、どこかで川につながっているにちがいない。

あのなぞなぞを解くためには、地下へいく方法を見つけなければならない。

女王《スルタナ》の聖所へ降りていかねばならないのだ。

カリーナはぱっと立ち上がり、窓の格子に全体重をかけて体当たりしたが、金属の棒はびくともしなかった。ほかに出口はないかと部屋を見まわすと、ベッドのそばにぶら下げてあるランタンが目に入った。

火。あらゆるものを呑《の》みつくす力を持つ炎。

ランタンのほうへ進みかけて、足を止めた。黒焦げになった遺体と、真っ白い葬儀の記憶が、脳裏をかすめる。手がぶるぶる震えだす。

でも、〈防壁〉を放っておくわけにはいかない。よみがえりの儀式をしないわけにはいかないのだ。それに、評議会はカリーナに死んでほしいわけではない。死んでほしいなら、とうに殺しているだろう。火をつけ、焼け死ぬままに放っておかれることはないと信じるしかない。

思いとどまる間を自分に与えず、カリーナは鏡台から香水やオイルの類を取って、ベッドにぶちまけた。ランタンを台から外し、最後にもう一度、部屋を見まわす。かつてハナーネが使っていた側をほんのわずかに長く見つめる。

それから、ランタンを落とした。

たちまちオイルを吸いこんだ寝具に火がつく。カリーナはうしろに下がり、燃え上がる炎がベッドを呑《の》みこみ、それを支えている脚に広がるのを見守る。悲鳴を上げようと口を開くが、声が出てこない。

カリーナはまた八歳にもどっている。父《ババ》とハナーネが駆け寄ってきて、カリーナを救おうとする。カリーナはなんとか炎から逃れることができるが、父《ババ》とハナーネはできない。わたしは一生許されることはない――。

カリーナは自分の頬をひっぱたく。エファにひっかかれた側を。痛みで自分を取りもどし、大声でさけぶ。「火事よ！」

部屋のドアが勢いよく開く。新しく召使いとなった少女がカリーナを部屋から連れ出し、兵隊たちに水を持ってきてとさけぶ。騒ぎに紛れてカリーナは逃げ出し、こんなに速く走ったことはないというほど速く走る。宮廷の人々はまだほとんどがミッドウェイに出かけており、真夜中まではもどってこないが、それでも、警報がどんどん伝わっていく程度には残っている。四方から先を争うようにかけてくる人々を押しのけ、名前を呼ばれても無視する。

母の庭へいくほうへ曲がるが、またすぐにもどる。兵士がふたり、扉の前に立ち、立ちのぼる煙を不安そうにちらちらと見ている。〈大いなる女神〉よ、救いたまえ。女王《スルタナ》の暮らす建物は、女王《スルタナ》の生死にかかわらず、兵士が守っているに決まっている。でも、今さら部屋にもどるわけにはいかない。今ごろ、部屋全体が燃えているはずだ。

母の庭に面している部屋に飛びこむ。幸い、庭へ出る窓の鍵はあいている。今日一日で初めて、運命が彼女に微笑《ほほえ》む。二階分の高さを見て目がチカチカするが、窓枠に這《は》いあがって、飛び降りようと体に力を入れる。

「カリーナ？」

部屋の入り口で、幽霊のようにアミナタが目を見開いてこちらを見つめていた。ここ数日、今度アミナタに会ったらなんて言うかをさんざん練習していたのに、そのときがきたら、ひと言も出てこない。

「見つかったか？」廊下からだれかがさけんだ。

言いたいと思っていたことがすべて、のどにつっかかる。ごめんなさい。わたし、こわいの。こんなこと、ひとりじゃできない。心がささやく。アミナタは口を開いたが、すぐに閉じ、それからまた開いた。

「ここにはいないわ！」アミナタは大声で言い、バタンとドアを閉めた。言えなかったことをすべて呑《の》みこみ、カリーナは窓から飛び降りた。

母のアルガンの木のおかげで衝撃がやわらいだが、腕に深い切り傷を負ってしまった。手入れをしなくなって数日しか経《た》っていないのに、ハヤブサの庭はすでに野生化しはじめていた。蔓植物《つるしょくぶつ》が小道まで伸び、繊細な花の花びらはしおれてしまっている。だれかに後をつけられているような気持ちを抑えつけながら噴水まで走っていって、隠されているグリフィンを見つける。凹《へこ》みに指輪を押しつけ、力いっぱい押す。

びくともしない。

小声で悪態をつきながら、さらに二回試してみたが、結果は同じだった。そうだ、あのとき母はなにか呪文のようなものを唱えていなかったっけ。でも、思い出せない。

「ひらけ、ごま！」自分でもバカみたいだと思いながら、ありきたりな呪文を口にしてみる。「真の姿を現したまえ！」

石はぴくりともしない。カリーナはあの運命の日を再現しようとする。魔法を目にした日。母が暗殺されるまえ、母とふたりきりで花に囲まれてすわっていたときのことを。傷はまだ生々しかったが、その痛みと闘い、母が世界を永遠に変えたあの瞬間を思い出そうとする。

「それでもなお、われわれは立ちつづける」

地面からゴロゴロと音がして、噴水の台座のタイルが開いた。カリーナが入り口をくぐりかけたとき、足首をがっしりとつかまれ、ビクッとしたとたん、うしろに引きずられた。

「今すぐ、王家の住まいへおもどりください、殿下。評議会の命令です」近衛兵《センティネル》がいつもの感情のこもらない口調で言った。

カリーナはもがいたが、近衛兵《センティネル》に噴水から引きはがされた。こぶしをふりまわしたが、彼の歩みを遅らせることすらできない。風が木々のあいだを吹き抜け、枝が、さっきの炎のようにゆらゆらと激しく揺らいだ。世界がぞくっとするほどくっきりと姿を現す。近衛兵《センティネル》から魔法が波のように発散されている。カリーナは夢中で抵抗していたせいで、なぜだろうと思う間もなかった。

「待て！」

アディルの姿は見えなかったが、声で近づいてくるのがわかった。第二の試練のときに都じゅうを魅了した蠱惑的《こわくてき》な口調になっている。

「あなたを傷つけはしない」アディルが言う。足音はどんどん近づいてくる。「この庭には、あなたを傷つけられる者はいない」

近衛兵《センティネル》の体からガクッと力が抜ける。カリーナを押さえつけていた力がゆるみ、カリーナはもがいてなんとか片腕を自由にする。アディルがどんな力を使っているにしろ、近衛兵《センティネル》は恍惚《こうこつ》状態に陥り、アディルがカリーナの腕の近くになにかを放り投げたことにも気づかない。

金の柄に黒い刃の短剣だ。

カリーナは考える間もなく短剣をつかみ、近衛兵《センティネル》の腿《もも》を覆っている鎧《よろい》の隙間を突き刺した。近衛兵《センティネル》は吠《ほ》えて、手を放し、カリーナは再び捕まるまえに彼の足首をつかんだ。同時に、アディルが肩から体当たりを食らわす。近衛兵《センティネル》はうしろへ突き飛ばされ、反動でアディルとカリーナは噴水の入り口へ転がり落ちた。カリーナが石の階段に倒れこんだのと同時に、入り口が閉じはじめ、ゴンという音とともに完全にふさがれた。

アディルとカリーナはそのままの勢いで壁画の前を転がって、暗闇に包まれた未知の世界へと落ちていった。

第7章

マリク

バシャンという音が響き、マリクは川面《かわも》に叩《たた》きつけられ、重たい生地の服に水中へ引きこまれた。半日も経《た》たないうちに二度目だ。水のなかで手足をバタバタさせるが、つかまれるようなものなどなにもない。魔法の力が湧きあがるのを感じるが、幻を生んだところで渦巻く急流から逃れることはできない。

マリクは不毛な闘いをつづけた。ここで溺れ死ぬわけにはいかない。ナディアが危険な状態にあるうちは。視界が薄れはじめたとき、ふいに力強い両手に肩をつかまれ、上へ引っ張りあげられた。川面から顔を出して必死で息を吸いこみ、流れに引きずられながらも、水の上に突き出していた岩にしがみつく。

川岸でさっと影が動いた。カリーナが岸から身を乗り出し、彼のほうへ手を伸ばしている。「こっちよ！」

目をぎゅっと閉じ、マリクは大きく息を吸いこむと、岩をつかんでいる手を放した。再び無重力状態に放りこまれ、恐怖が襲ってきたが、また沈みはじめたところで、なんとかカリーナの手をつかんだ。カリーナに引っぱってもらい、川岸へ這《は》いあがり、そのまま彼女の腕のなかに倒れこむ。しばらくのあいだ、ふたりともなにも言わずに抱き合ったまま、生きていることにただただほっとしていた。

「……二度目ね」カリーナが言った。

マリクは咳《せ》きこんだ。「なにが？」

「あなたをひざまずかせたのが」

カリーナの口調にニヤニヤした響きを感じ取り、とたんに自分に押しつけられている彼女の体が意識されはじめた。凍るように冷たい川の水に流されたあとでカリーナのぬくもりは天からの恵みのようだったけれど、マリクは無理やり体を放した。

「命の恩人だね」カリーナがいなかったら、あのまま水中に引きこまれ、二度と浮かびあがれなかっただろう。マリクは〈大いなる女神〉に感謝を捧《ささ》げた。ここで溺れ死んでいたら、それはナディアの死も意味したのだから。

カリーナは体を起こすと、銀色の髪をぎゅっと絞った。「手を貸しただけよ。自分で上がってきたじゃない」

「そのまえのことだよ。ぼくが沈んだときに、引っぱりあげてくれたじゃないか」

「そんなことしてないわ。あなたを見つけたときは、わたし、川岸にいたもの」

「じゃあ、あれは……？」水底に棲《す》むという怪物の物語がいくつも浮かんできたけれど、答えは知りたくない。自分を助けたのがどの怪物であれ、それは〈大いなる女神〉の御業で、マリクには関係ない。

またもや死にかけたショックがようやく薄れていき、マリクは周りを見回した。洞穴は、ゆうに建物の数階分の高さがあり、天井は見えない。岩壁は粗削りでざらざらしており、ズィーラーンの都で使われている整然とした砂岩とは似ても似つかない。あたりには、汚濁した川の水の腐ったような臭いがたちこめていた。

マリクとカリーナは、今度こそ完全にふたりきりだった。だれも見ている者はいない。もう言い訳はできない。

カリーナの眉間にしわが寄った。マリクの胸の内の変化を感じ取ったみたいに。「宮殿でなにしてたの？　どうやって庭に入ったわけ？」カリーナは鋭い口調でたずねた。

〈しるし〉が握りしめた手のひらにするすると移動してくる。どこを刺せば、いちばん効果的なのかを考える。なるべく手を汚さず、手早くすませたい。

「祝宴の会場から出てきたんだ。第二の試練のときにあんなふうに言ったことを謝りたくて」嘘《うそ》をつくのがどんどん楽になっていることに、かすかに動揺する。「もっと注意して言葉を選ばなきゃいけなかったのに。そのせいで、面倒な立場に追いこむことになってしまってごめん。宮殿が燃えているとき、上の階にいたんだけど、きみがあの部屋に飛びこむのが見えて。そしたら、そのあとから近衛兵《センティネル》が入っていったから、なにかおかしいと思って、同じ窓から庭に降りたんだ」

後半の部分は、本当のことだった。正午になるまえにミッドウェイを抜け出してから、召使いたちのあとをつけてクサール・アラハリのなかに入った。宮殿に入ったとたん、亡霊たちは姿を消し、マリクは何時間も見えない姿のまま、入り組んだ宮殿のなかをあちこちさまようはめになった。このまま夜になりそうだと思ったとき、火事が起こり、カリーナが逃げていくのを目にしたのだ。

カリーナの眉間のしわはますます深くなった。マリクの話を信じていないのだ。マリクはまつ毛のあいだからすかすようにカリーナを見上げた。ナディアが、なんとか罰を逃れようとするときによくする顔つきだ。

「きみなら、ひとりでもあの近衛兵《センティネル》の男をなんとかすることはできただろうけど……」マリクはそこで口を閉じ、またうつむいた。それから、小声でつづけた。「強制捜査のときにきみが言ったのと同じだよ。きみがひどい目に合うのをなにもできずにただ見ているだけなんて、いやだったから」

カリーナはコホンと咳払《せきばら》いをして、顔をそむけた。「まあ、こうして今、ここにいるわけだし、謝罪は受け入れるわ。それに……ありがとう。助けてくれて」

ほっとする気持ちで全身が満たされた。カリーナが自分のことを信用すれば、それだけやりやすくなる。〈霊剣〉の柄が、手のひらに食いこむ。あとは、彼女の急所をひと突きするだけだ。そうすれば――。

カリーナは死ぬ。

カリーナの血が自分の手を伝うところを想像したとたん、吐き気が襲った。実際にウッとえずいてしまったが、カリーナはもう彼を見てはいなかった。彼女の目は、ふたりがすわっている岩棚のむこうに見える金色の光に注がれていた。そして、いきなり崖っぷちへむかって走り出したので、マリクもあとを追った。

クサール・アラハリでいちばん高い塔よりも長い亀裂の奥に、きらめく都が隠されていた。黒い岩にぱっくりと開いた金色の傷のようだ。マリクは、市場で職人たちが売っていた小さな模型の町を思い出した。その町は完璧に美しく、実際に人間が暮らしている場所とは似ても似つかなかった。マリクがそのありえないほど美しい都をのぞきこんでいると、ふいにブーンという震えが骨のあいだを駆け抜け、体がぐいと前へ引っぱられた。〈しるし〉が皮膚の奥深くにもぐり、袖の下へ逃げこんだ。

「あれはなんだ?」マリクはささやくように言った。ふたりしかいないのだからささやく必要はないのだけれど、大声を出してはいけない場所のように思えたのだ。

「神でない神……墓所《ネクロポリス》よ。ケヌア人たちが、ファラオの遺体を葬るために建設した墓所《ネクロポリス》の遺跡。そうよ、そうだわ」マリクがさらに質問するまえに、カリーナは崖に沿って設けられた幅の狭い階段をおりはじめた。

「待って!」マリクは慌ててあとを追いかけた。「きみの先祖は、太古のケヌア王の墓の上に都を造ったってこと?」

「わたしがそうしろって言ったわけじゃないわ!」

階段のいちばん下までおりると、都が燦然《さんぜん》と輝いている理由がわかった。建物の正面から、扉を守る蛇の頭の彫像まで、すべての表面が金で覆われているのだ。建築様式はズィーラーンのものとはちがい、太い柱と、頂上が平らなピラミッド、それから見るたびに形を変えるように思える方尖塔《オベリスク》が立ち並んでいる。

ナディアの悲鳴が耳に響く。だが、〈霊剣〉を呼び出そうとするたびに、手が硬直する。

「だれかが見つけてくれるまで待つしかないよ」マリクはそう呼びかけた。墓所《ネクロポリス》の中心部に近づけば近づくほど、ブーンという音がますますひっきりなしに響いてくる。〈陰の民〉の姿はどこにも見えない。つまり、マリクたちはまだ、宮殿の地下にいるということだ。

「だれも見つけてくれないわよ。噴水の鍵を持ってるのはわたしだけなんだから。クサール・アラハリまで、川を上流へむかって泳いでもどるつもりなら、別だけどね。出口は、この川だけよ」

カリーナの言ったことが本当なら、彼女なしでは墓所《ネクロポリス》から抜け出せないということになる。ここでカリーナを殺したところで、マリクが死んでしまえば、イディアにそれを証明しようがない。

カリーナの力が必要なあいだは、彼女を生かしておくのが、賢いやり方だろう。そのために、そう、そのためだけに、今は計画をいったん保留にするしかない。

そう自分に言い聞かせつづければ、本当だと思えるようになるかも。

以前、市場だったにちがいない場所へ入っていく。道の両脇にさまざまな屋台や店が並んでいる。ところが、これまでの通りとちがって、ここには大勢の人がいた。マリクは驚いた。カリーナとふたりきりでなかったことにほっとしたようながっかりしたような気持ちを味わいながら、そちらに近づいていったが、次の瞬間、ワッと悲鳴をあげてうしろにさがった。

人間だと思っていたのは、死体だった。どの死体もまるで生きているようなポーズで、石化した果物を選んだり、凍りついた屋台の掃除をしたり、死体の子どもを抱きあげたりしている。彼らの着ている服はぼろきれ同然で、ほつれた金糸やあせた刺繍《ししゅう》だけが、かつての姿をかろうじてとどめていた。

慌てて逃げ出そうとした拍子に、マリクは自分の足につまずいて顔から地面に倒れこんだ。そのときになってようやく、カリーナが振りむいて、手を差し出した。

「ここはなんなんだ?」マリクはさけんだ。のどに苦いものがこみあげる。

「ケヌア人たちは、死んだときにいっしょに埋葬したものは、死後も手元にあると信じてたの。生き神であるファラオをひとりで死後の世界へやるなんて、ありえない。彼らは、死後のファラオに仕えることができるように、奴隷たちを犠牲にしたのよ」カリーナの目からは、落ち着いた声とは裏腹の思いが読み取れた。その怒りの激しさに、それがむけられているのが自分でなくてよかったと思わずにはいられなかった。

カリーナの手をつかもうとして、マリクはカリーナのうしろにそびえる精緻《せいち》な壁画に目を引きつけられた。神殿だろうか。建物は数階分の高さがあり、オジョーバイ砂漠の歴史を語る壁画が描かれている。ケヌア以前の流浪の民の時代から、くりかえし現れる五十年彗星《すいせい》まで。しかし、ズィーラーンの建国が描かれている壁には、マリクが見たことのない絵があった。

ズィーラーンの歴史絵に〈顔なき王〉の姿が描かれることはなかった。バイーア・アラハリの信頼を得て、その後失ったこの男がどういう人物なのかを細かに語る物語もひとつとしてない。

だが、この都ほどもある墓所《ネクロポリス》の不気味な光に照らされているのは、太古の王の、顔まである完全な肖像だった。目を閉じるたびに、マリクの脳裏に浮かぶ顔。

イディアだ。

本能的に身がすくみ、恐怖のあまり〈霊剣〉を呼び出しそうになる。バイーア・アラハリが描かれている横にはすべて、白い髪の人間の姿をしたイディアが描かれている。戦うバイーアの横にもイディアがいる。さらに壁画をたどると、カリーナと同じ銀色の髪をした子どもがふたり、誇らしげなバイーアとイディアに挟まれて立っている。だが、その次の壁画には、子どもはひとりしか描かれていなかった。

マリクの頭のなかで、パズルの駒が立てつづけにはまった。ソルスタシアのまえの晩に、太古の女王《スルタナ》について、イディアがよく知っている人物であるかのように話していたこと。ズィーラーンにむけられた燃えるような怒りと悲しみ。

すぐには呑《の》みこめないが、目の前の現実を否定することはできない。

イディアが〈顔なき王〉なのだ。

つまり、カリーナも、バイーアのあとに生まれたアラハリ家の人々はみな、あの大蛇の子孫ということになる。ズィーラーンの王族は〈陰の民〉の血を引いているのだ。

さっとカリーナのほうへ視線をむける。カリーナはあんぐりと口を開けて神殿を見ていた。

「あれよ!」

しかし、カリーナが指さしているのは、イディアではなかった。神殿の屋根からこぼれ落ちんばかりに咲いている、血のように紅《あか》い花。カリーナはそちらへむかって走り出した。その壁画が自分の人生に与える意味に気づいてもいないし、気にかけてもいない。

マリクの頭はぐるぐるまわっていた。カリーナは人間じゃない——少なくとも一部はちがう——というか、じゃあ、彼女はどういう存在なのか、実際のところ、マリクにはまったくわからなかった。わかるのは、もし自分がカリーナなら、先祖について真実を知りたいということだ。けれども、カリーナにそれを告げるには、なぜイディアのことを知っているかを説明しなければならない。話してしまえば、マリクにとっていい結果になるはずがない。

それに、もしイディアが本当にカリーナの先祖なら、なぜ彼女を殺したがるんだ？

「殿下、待って！」マリクはさけんだ。

「あの花がいるのよ！」

「でも、あの壁画！〈顔なき王〉が！」

「それがなに？　もう死んでるのよ。とっくの昔にね！」

ふたりは、ボールで遊んでいるような格好で固まっている子どもたちの横を駆け抜けた。

凍りついた顔のどれを見ても、ナディアに見えてしまう。目の奥がじわっと熱くなり、必死で涙をこらえる。

「この人たちのことは？」〈しるし〉が手のひらにもどってくる。今すぐにでも、また武器に姿を変える準備は整っている。「とっくの昔に死んでるからって、どうでもいい？毎日のように砂漠を渡ってくる途中で死んでいる何百という人や、エシュラの情勢不安のせいで命を失っている人たちのことはどうでもいいってこと？」

「あなたはなにもわかってない」カリーナは押し殺したような声で言うと、スピードを速めた。銀色の髪から放たれる金の輝きのせいで、この世のものとは思えない、別世界の存在のように見える。

ムワレ・オマルがブェイディを叩《たた》こうとしたときにこみあげた、痛烈なまでの劣等感が襲ってくる。スピードをあげ、カリーナの横に並ぶ。海緑色のうろこが地面に散らばっている。だが、もはやカリーナしか目に入らない。

「なにが問題か説明してくれなきゃ、わからないよ！」

「問題なんてない！」

「じゃあ、どうして逃げてるんだ？」

「あれは、わたしだったかもしれないからよ！」

カリーナはいきなり足を止め、バッと振り返った。目に今にもこぼれ落ちそうな涙をためて。「だれもが、バイーア・アラハリのことをズィーラーンの祖として記憶してる。でも、そのまえ、バイーア・アラハリはファラオの宮殿で奴隷として暮らしていた。その運命から逃れるために、そもそも反乱を起こしたのよ。おそらくわたしは、あそこにいた人たちみんなとつながりがある。もしその時代に生きていたら、あの市場で囚《とら》われの身となっていたのは、わたしだったかもしれないのよ。あそこにいると、わたしという存在を心から憎んでいる人がいるということを思い出さずにはいられない。そんな気持ち、あなたにはわからないでしょ」

マリクはスピードを落とし、こちらをむいているカリーナの正面で足を止めた。ふたりのあいだはわずか数十センチであり、数キロでもあった。

「わかる」マリクは小声で言った。「ぼくにはわかる」

自分の民にむけられる憎しみを気にしないふりをするたびにどんなに心が引き裂かれるか、話したら、カリーナはどうするだろう。わかってくれるだろうか。もしわかると言われたら、ぼくはどうすればいい？

「ごめん」マリクが言うと、カリーナは突っかかるような態度を少し和らげた。「言いたいのは……いや、なんて言ったらいいかなんて、わからない。だけど、きみが怖いと思うのは当然だと思う」

カリーナは、ちっとも楽しそうでない笑い声をあげた。「女王《スルタナ》は怖がったりしないのよ」

「だれだって怖いと思うことはある」マリクはやさしく言った。「ぼくには怖いものがたくさんある。狭い場所。大きな犬。死ぬこと……ひとりで死ぬこともこわい。ぼくがこんなことを言ってもたいして意味はないと思うけど、でも、怖いものがあるからってきみが弱いとは思わない。もし怖いものがなかったら、むしろ今みたいに強くなれないんじゃないかな」

カリーナの目が探るようにマリクの顔を見た。そのやわらかなまなざしに、マリクははっとした。〈しるし〉は握りしめた手の内側で渦を巻いている。でも、できなかった。むりだ、〈霊剣〉を呼び出すのは嫌だ。体のなかのブーンという響きはどんどん強くなっていく。魔法の力が湧きあがり、体じゅうの血管を駆け巡る。

カリーナはようやく口を開いた。「いくわよ。あの花を手に入れずに帰るわけにはいかないの」

こんなときにどうしてあんな花を欲しがるのか不思議に思ったけれど、結局マリクはカリーナのあとについて神殿へむかった。金の方尖塔《オベリスク》が屋根から見下ろしている。鍵を開けようとガチャガチャやってみたが、無駄だった。正面扉から入る方法がないことがわかると、マリクとカリーナは建物をぐるりと回ってみたが、また壁画の前に出ただけだった。

その壁画は、何千というケヌアの象形文字でできていた。一文字一文字に、それぞれの意味がある。一文字だけでは大した意味は持たないが、合わさると、ひとつの物語となる。なぞなぞを前にすると、いつものようにマリクの頭は回転しはじめた。目の前の絵をじっくりと眺める。仮面をつけた十三人の人物が、左右に伸ばした手に太陽と月を持っている人物の前にひざまずいている。

そっと壁に触れる。ひんやりとして、心地よい。

短剣。杯。こん棒。杖《つえ》。書物。目。

「われわれユールラジー・テルラーは、王のなかの神に忠誠を誓う。それ以外の者には仕えぬ」マリクはつぶやいた。その訳が合っていると、直感的に確信していた。すると、ほかのどれよりも多くくりかえされている文字が目に入った。

それは、彼の〈しるし〉だった。ユールラジー・テルラーの者はみな、この、真夜中のように黒々としたしるしを体に刻んでいる。

ふいに、マリクは息ができなくなった。

ユールラジー・テルラーが何者なのか、どういう集団なのか、わからないが、明らかにケヌアとつながっている。ケヌア帝国はソーナンディを苦しめた。今、マリクたちが立っている墓所《ネクロポリス》がその証だ。その恐怖の時代から人々が立ち直るのに、数世紀が必要だったのだ。マリクがケヌア人と同じ力を持っているなら、もしくは、彼の力の源がケヌア人たちと同じだとしたら、それはつまり……。

そんなこと、ありえない。自分がファラオとつながっているなんて、そんなはずはない。自分はエシュラの民だ。ぼくの一族もみな……そのはずじゃないのか？

マリクはハッと壁から離れた。つながっているという妙な感覚がたちまち消える。不安が押し寄せてきて、マリクはちらとカリーナのほうを見て、うろたえていることに気づかれていないよう祈った。

「アディル」カリーナにふいに呼びかけられ、心臓が飛び出しそうになった。「さっきエシュラの情勢の話をしてたけど、あれはどういうこと？」

マリクの筋肉が徐々にゆるんだ。自然に振る舞うんだ。カリーナに本当のことが知られることなどありえないのだから。「エシュラで、川熱が流行ってることや、部族同士の紛争が激化していることは聞いてない？」

カリーナは首を横に振った。「最後にエシュラについて聞いたのは、穀物の輸出量が減ってるってこと。でも、ほかにはなにも新しい知らせは聞いてない。なにかあるの？」

アディルのような特権階級の少年は、山岳地帯で起こっている荒廃についてどの程度知っているものなんだろう。ひと言でもまちがったことを言えば、マリクの芝居がすべて明るみに出てしまう。でも、自分の民の話を、それを変える力のある人間に話せる唯一のチャンスかもしれない。

マリクは話そうとしたが、すぐに言葉に詰まってしまった。自分にとってなによりも重要な話を語る言葉を見つけることができない。カリーナは壁に片手をつき、マリクがつづきを話すのを待っている。

「無理に話さなくていいのよ。もし――」

そのとき、恐ろしい揺れが襲った。岩と岩がぶつかり合う音が響き、低い地鳴りがあたりを引き裂く。マリクはハッとして本能的にカリーナのほうへ手を伸ばし、カリーナもその手をつかんだ。

「今のはなんだ?」マリクはささやくように言った。

「わから——」

低いゴロゴロという音が、とどろくようなうなり声に変わった。神殿の壁の一部が横に開き、マリクが見たこともないような怪物がずるずると身体を引きずるようにして姿を現した。怪物は牛ほどもある毛むくじゃらの頭をぐるりと巡らせてふたりのほうにふりむけ、木の幹ほどもある太さの、蛇のように長くうろこに覆われた首をくいとねじった。その首には、トルコ石と辰砂の錆《さ》びた首飾りが下がり、頭につけた冠でエメラルドが光っている。

マリクは畏敬の念に打たれ、一瞬恐怖を忘れた。本物の蛇豹《じゃびょう》だ。ケヌアでは死者を死後の世界へ導くと信じられている神話上の生き物。昔の物語では、蛇豹の毒は強力で、牙が肌に触れるだけでも、一時間以内に死ぬと言われている。

蛇豹は、世界を揺るがすような声をあげた。とたんに、ふたりは正気を取りもどし、脱《だっ》兎《と》のごとく走りはじめた。

怪物は猛烈な勢いで追ってきた。巨大な胴体は墓所《ネクロポリス》の通りには大きすぎ、両側からがれきが雨あられと降りそそぐ。その前足に踏まれ、生贄《いけにえ》の奴隷たちは粉塵《ふんじん》と化した。

「こっちよ!」カリーナがさけび、店の狭い入り口にむかった。あれなら、蛇豹は入ることができない。ふたりがかがんで戸口をくぐると、蛇豹がぐっと頭を下げ、なかをのぞいた。マリクの頭ほどもあるオレンジ色の目がしばたたいて、こちらを見据えた。

張り詰めた数秒が過ぎ、蛇豹の姿は消えた。ふたりは胸をなでおろした。

バン！

蛇豹が長い首を鞭《むち》のようにかかげ、店にむかって振り下ろしたのだ。天井から石の塊が降ってきて、壺《つぼ》や皿が割れ、床に飛び散る。

これでは、蛇豹に殺されなくても、がれきに押しつぶされる。マリクの手元にあるのは、〈霊剣〉だけだ。あの巨大な怪物と戦うには、あまりにも小さい。カリーナのいる前で、魔法の力を使うこともできない。

マリクが立ちすくんでいる横で、カリーナは片っ端から壺のなかをのぞきこみ、ロープを見つけた。そして、神殿の屋根にそびえる方尖塔《オベリスク》に目をやった。

「アディル、次にあいつが首を振り下ろしたら、すかさずあいつの下をくぐりぬけて、左へ走って」

「きみはどうするの？」

「わたしのことはいいから！」

蛇豹《じゃびょう》の首が振り下ろされた。マリクは恐怖で体が凍りついたが、カリーナがいけというように背中をドンと押した。「今よ!」

マリクは前へ飛び出し、蛇豹の脚のあいだを縫うように走って外へ出た。同時に、カリーナが神殿のほうへ駆け出す。蛇豹は首を大きく弧を描くように回し、市場のほうへ走っていくマリクを追いかけはじめた。マリクは屋台の下に飛びこんだ。店の品物をひっくり返さないよう細心の注意を払ったが、そんなことをしても無駄だった。蛇豹はかまわず店の上を突っ切ってくる。だが、上半身はコブラのスピードを持っているとしても、重い下半身が足かせになった。マリクはそこへつけこみ、ネコから逃げるネズミのように、右へ左へとむきを変えながら蛇豹の牙が届くか届かないかのところを走りつづけた。

肩越しに振り返ると、カリーナがロープを口にくわえ、神殿の壁を登っていくところだった。壁のタイルに、切った手のひらから流れた血の跡が点々とついている。心のなかで急げと念じたのと同時に、蛇豹の首がまた繰り出され、マリクは危ういところでさっと身をかがめた。すぐ横の荷車に蛇豹の頭があたり、砕け散った木の破片が頬をかすめる。マリクは一瞬よろめいたが、なんとか走りつづけた。みるみる体力が失われていくのがわかる。

「アディル！」

カリーナは神殿の屋根まであがり、ロープを垂らしたところだった。片方の端は方尖塔《オベリスク》に結ばれている。カリーナがなにを考えているかを理解し、マリクは蛇豹の脚の下を潜り抜けた。最後の力を振り絞って神殿まで突進し、ロープの端をつかむ。マリクがロープを両手でしっかりと握ったのを確認すると、カリーナはどなった。「ほら、こっちよ、ブクブク太ったネコ！」

カリーナが蛇豹の気をそらしている隙に、マリクは怪物に飛びついた。毛むくじゃらの脚をよじのぼり、背中までいって手足を広げてはりつく。そして、ロープを蛇豹の首にぐるぐると巻きつけ、引き結びで止めた。父さん《ババ》が昔教えてくれた結び方だ。

「聖なるアダンコよ、どうか守り給え」マリクはつぶやくと、怪物の背から飛び降りた。骨が砕けそうな衝撃が走ったが、なんとか蛇豹の目の前を走りはじめる。腐ったような息が襲いかかり、マリクは心のなかでナディアにむかって詫《わ》びた。助けるまえに死んでごめん。

しかし、痛みの代わりに襲ったのは吐き気だった。間に合わせの首つり縄がギュッと絞まり、蛇豹の目玉が飛び出した。蛇豹に引っぱられ、方尖塔《オベリスク》は激しく揺れたが、持ちこたたえた。太古の生き物の口から泡が吹きだす。そして、最後に咆哮《ほうこう》をあげると、蛇豹《じゃびょう》は地面に崩れ落ちた。

マリクはへなへなと膝をついた。頬を涙がこぼれ落ちる。カリーナが神殿の壁を降りてくるのすら、ろくに目に入らなかった。

「やったわね！」

カリーナは腕を回し、髪を振り乱しながらマリクに突っこんできて、もろとも、蛇豹のピクリともしない頭のすぐ横に倒れこんだ。カリーナの笑いはマリクにも伝染し、お腹が痛くなるまでどうかなったみたいに笑い転げる。

「すごかったよ！　ロープを使うなんて！　方尖塔《オベリスク》も！」マリクはさけんだ。

「アディルもすごかったわよ！　あんなふうにあいつの背中にまたがって！」

カリーナが抑えきれない喜びに顔を輝かせて、こちらを見下ろしている。ふたりのあいだの隔たりは、埋めようと思えば簡単に埋められるのかもしれない。ぼくたちは合っているのかもしれないと、マリクはひそかに思いはじめる。

「わたしたち、相性が抜群だと思わない？」カリーナは小さな声で言った。その黒い瞳《ひとみ》がふいに濃くなったのを見て、マリクはその意味を知ることができたらどんなにいいだろうと思う。

「そうだね」ささやき返す。

カリーナがこちらに身を乗り出し、彼女の髪がマリクの鼻をくすぐる。こんなにも近くにカリーナがいることにくらくらしながらも、カリーナの背後で〈霊剣〉を呼び出し、ぐっと握りしめる。彼女の首のうしろがすぐそこにある。彼女の唇がすぐそこにある。

ひと突きだ。ひと突きでことはすむ。それだけで……。

ああ、〈大いなる女神〉よ、ぼくは彼女とキスをしたい。

「アディル」カリーナがささやく。彼女の温かい息が顔にかかる。手のなかで〈霊剣〉が震える。「アディルは――危ない！」

カリーナがマリクごと体を半回転させた次の瞬間、蛇豹の牙が、たった今ふたりが横たわっていた場所に突き刺さった。蛇豹がマリクの服をがっちりとくわえたのと同時に、〈霊剣〉はすばやく姿を消した。あと数センチで皮膚を食い破られるところだった。蛇豹の体がヒクヒクと数回けいれんし、それから、今度こそ永遠に動かなくなった。

マリクの脈がドクドク打っている。「ぼくの服が！」

「新しいのを買ってあげるわよ」

カリーナはドレスを細く破って自分の手に巻きつけ、蛇豹《じゃびょう》の口からマリクの服を引き抜いた。そのひょうしに、怪物の歯がひとつポロリと抜け、カリーナはそれをポケットにつっこんだ。ポケットには、神殿の屋根に生えていた紅《あか》い花が十本以上入っている。

「あとで調べようと思って」マリクの問いかけるような表情を見て、カリーナは説明した。

その返答に、マリクは嘘《うそ》をかぎ取ったけれど、それ以上はたずねなかった。カリーナは立ち上がると、蛇豹のほうを油断ない目つきで眺めた。「いこう。これ以上、この地下に住んでいる者と出くわしたくないから」

〈しるし〉はマリクの皮膚の下でのたくっていたが、今は、殺すはずだった少女にぴたりと寄り添い、共に黄金の墓から抜け出すしかなかった。

第8章

カリーナ

数時間が過ぎた。少なくとも、カリーナにはそう思えた。もはやどのくらいこの地下の都にいるのかはわからない。蛇豹から首尾よく逃れた高揚は、すぐに恐怖へ変わった。墓所《ネクロポリス》から抜け出す方法はないことがはっきりしてきたからだ。

墓所《ネクロポリス》自体は、端から端まで歩くのにかかった時間から見て、だいたい直径一・五キロほどだろう。カリーナもアディルも、余計なものに触れないよう気をつけていた。だが、自分より先にアディルが神殿の壁に触れたときはなにも起こらなかったことに、カリーナは気づいていた。しかし、カリーナが触れたとたん、あの蛇豹が解き放たれたのだ。ケヌアのファラオが、死んでもなお、彼女の一族を狙っているのだと思うと、背筋に寒気が走った。

幸いにも、この苦境のなかでもひとつだけいいことがあった。今、ポケットには紅血月花《ブラッドムーン》が入っている。これで、よみがえりの儀式を行うのに必要なものが、すべて手に入ったのだ。

いいや、すべてではない。王の心臓が残っている。でも、そのことはまたあとで考えよう。どこを見ても、〈顔なき王〉の視線が追いかけてくるような気がする。それは、壁画のもたらす錯覚だとわかっている。〈顔なき王〉は厳密に解釈すれば、彼女の先祖だが、軽蔑しか感じなかった。〈顔なき王〉はバイーアを裏切った時点で血のつながった一族として記憶される権利を失ったのだ。

胃が縮むような空腹を感じ、ふと見ると、アディルも屋台に並んでいる数世紀前の果物を見つめていた。ついにふたりは疲れ果て、これ以上一歩も歩けなくなって、ゴウゴウと音を立てて流れていく川の横に並んで寝そべった。洞窟の天井の見える部分を眺める。疲労と飢えと、先に人を殺すのはどちらだろう。

横目でちらりとアディルを見ると、さっきもう少しでしかけたキスのことが浮かんできて、熱が渦巻くように体の芯を突き抜けた。

「どうかした?」アディルがたずねた。カリーナは首を横に振ったけれど、アディルの唇が自分の唇に重なるイメージがどうしても浮かんでしまう。

「なんでもない。でも、命を救ってもらったことを考えたら、あなたを湖に落としたことを謝らなきゃね」

「あれはいいよ。それに、おかげで酔いがさめたから。酔ってる場合じゃなかったんだ」アディルはそこでいったん黙った。「でも、そのまえに話していたことについてきいてもいいなら、どうしてぼくにソルスタシアの試練から身を引けなんて言ったの？」

妄想が粉々に砕け、カリーナはアディルの目に純粋に傷ついた表情が浮かんでいるのを見た。これだけのことをふたりで乗り越えてきた以上、少なくとも真実の一部は話すべきだという気がした。

「わたしの父は先に決まっていた結婚を断って、母といっしょになったの。そのせいで、父は家族に縁を切られた」カリーナはゆっくりと話しはじめた。「そうしたことをすべて乗り越えて、父はクサール・アラハリにきたの。でも、宮殿での生活は父にとっては呪わしいものだった。父は母と姉とわたしのことは愛していたけれど、宮廷のあれこれにはすっかりうんざりしていた」カリーナはため息をついた。「母は、宮廷の最低な陰謀から父を護《まも》ろうとしたけど、結局は父も無関係ではいられなかった。人生の最後の数年間は、父はどうしてもという用事がないかぎりほとんど家族の私室から出なかったわ。あなたはそんな生活をしたい？」

残った三人の勇者のなかで、宮廷の生活の陰湿さを知ることなく育ったのはアディルだけだ。彼のやさしい心が、自分のような宮廷の人間に醜く捻《ね》じ曲《ま》げられてしまうさまを想像するのは、彼の胸から心臓をえぐり出すのと、ほとんど変わらないくらいつらかった。彼を殺したくない。殺すことはできない。

しばらくのあいだ、聞こえるのはさざ波を立てながら流れていく川の音だけだった。アディルがすぐになにか言おうとしないことが、ありがたかった。これだけの年月が過ぎても、父《パパ》のことを思い出すと、体のなかのなんて呼んだらいいのかわからない部分がチクチクと痛む。世界でいちばん愛していた人が自分のそばにいるために不幸な生活をしなければならなかったという事実とむき合うのは、つらい。

しばらくしてアディルが口を開いた。「お父さんはどんな人だったの？」

カリーナは目を閉じて、考えた。なつかしさで口元が自然にほころぶ。「みんなを笑わせることができた。わたしの母のことだってね。それに、わたしが知っているなかでも最高の音楽家だった。一度聴けば、どんな曲だって正確に弾くことができたのよ。かわいそうに、とかそういうことを言おうとしてるなら、やめて。そんなことを言ってくれたところで、なにも変わらないから」

「そんなことは言おうとしてないよ」アディルの声はやさしかった。第二の試練のときに使った、観客を惑わせるような声とはぜんぜんちがう。にもかかわらず、どこかカリーナをうっとりさせるものがあった。「かわいそうだなんて言わない。ぼくの父が……父が出ていったとき、だれもが言ったんだ。『かわいそうに、気の毒に』って。ぼくはそれがすごく嫌だった。だって、気の毒がってくれたところで、父がもどってくるわけじゃない。だから……きみの気持ちがわかるとは言わない。だけど、きみが言いたいことは、わかる」そこで、アディルはいったん言葉をとぎらせた。「こんなこと言っても意味があるかわからないけど、きみがお父さんのことを心から愛していたことはよくわかったよ」

「ええ、その通りよ」

ふたりのあいだに沈黙が訪れた。川岸に横たわったまま、それぞれの思いを巡らせる。このまま一生、心のなかの父《ババ》の思い出をしまっているところに近づくたびに胸が引き裂かれる思いをするのではないかと思っていた。でも、この、夜の瞳《ひとみ》をした不思議な少年と話していると、何度でも驚かされる……痛みが消えるわけではない。でも初めて、思い出とむき合うことが怖くなくなった。

アディルにはなにかがある。うまく言葉にはできないけれど、これまでカリーナが感じたことのないような、やさしくて勇気に満ちたなにかが。でも、それよりなにより、アディルは、カリーナが話しているときに、ちゃんと耳を傾けてくれる。カリーナのことを信じてくれている。これまでだれも、そう、ファリードやアミナタすらこんなふうには彼女のことを信頼してくれなかった。蛇豹《じゃびょう》に襲われた時もカリーナに命を預けてくれた。その生真面目さには、胸が温まると同時に、どこか怖いような気さえした。

「もしわたしのために素手で月を捕まえてきて、ってたのんだら、どうする？」カリーナはだしぬけにたずねた。

アディルは目を閉じた。その褐色の肌を金色の光が照らしているさまに、思わず見入ってしまう。「月が沈みはじめたら、両手を差し出して待つ。そして、月がちょうど手の上まできたら、きみのほうをむいて、プレゼントするよ」アディルは寝返りを打って、カリーナにむかって恥ずかしそうに微笑《ほほえ》んだ。「だけど、こんな答えじゃ、バカみたいだよね？」

突如として、世界は過剰で過小になり、たったひと言まちがったことを言えば、百万の小さなかけらに砕け散ってしまうような気がした。まるでそこにあることを知らなかった柵につまずいてしまったような。転んだと気づいたときには、すでに地面が目の前に迫っていたような気持ち。

でも、倒れても痛くなかった。痛みのことなら知っている。でも、このくらくらする感じは、痛みとは程遠い。

「そんなことない」カリーナは息ができなかった。「ぜんぜんバカみたいじゃない」

カリーナが自分の気持ちに気づいたのが、ここ、つまり、カリーナの一族がかつて耐えねばならなかった最悪の暴力が目と鼻の先にあるこの場所だったことは、世界が、決して知ることのできない奇妙な法則に従って動いていることの証だった。

でも、そんなことは関係ない。なぜなら、ソルスタシアに勝てば、アディルは死ぬことになる。でも、もし負ければ、ふたりは決していっしょになることはない。ふたりのあいだに今、なにが起こっているにしろ、それは起こってはならない。それ以上でもそれ以下でもない。

カリーナの胸は締めつけられたが、無理やりゴーニャマー川の川面《かわも》に目をむけた。守護神サントロフィは、川を信じるようにと言った。川が、紅血月花《ブラッドムーン》のところへ連れていってくれると。きっと川を信じれば、今度もまたいくべきところに導いてもらえる。

「ここから抜け出すには、川からいくしかないと思う」カリーナはきっぱりと言った。口に出して言えば、頭のなかで考えているよりもましな計画だと思えるかもしれない。

アディルは驚いてカリーナを見つめた。「さっき川で死にかけたのに？」

カリーナはため息をついた。口に出したところで、なにも変わらなかったから。

「だけど、死ななかったでしょ」気のせい？　わたしの声、いつもよりも高くない？　好きになりそうな相手と話すときって、どうすればいいんだった？「それに、じゃあ、ほかにいいアイデアでもあるわけ？」

「ないけど、少なくとも川に飛びこもうなんて言わないよ」

ふたりとも、フンと鼻を鳴らした。もはや疲れ切って、笑う力もなかったのだ。

ほかになにも思いつかなかったので、ふたりは最初に川からあがったところまでもどった。あいかわらず流れは速く、この勢いで川岸や岩にぶつかれば、命はないだろう。

でも、サントロフィはカリーナの守護神だ。カリーナが命を落とすような助言をするはずがない。カリーナはアディルにむかって手を差し出した。「わたしを信じて」

アディルの瞳《ひとみ》の濃さが増し、一瞬、カリーナはまた無防備になりかけたが、それからアディルはうなずいて、彼女の手を握った。奇妙な震えが体じゅうに広がっていく。一日、日の光の下にいたあと、日陰に入ったときの気持ちに似ていなくもない。けれども、その感覚は訪れたのと同時に、また消えてしまった。

カリーナは最後にもう一度墓所《ネクロポリス》を見回すと、あまりにも長いあいだここに囚《とら》われている人々の顔のひとつひとつを記憶に刻みこんだ。なぜ先祖たちがこの場所をこのままの形で保ってきたかは理解できたけれど、これからは、そうはしない。正式に女王《スルタナ》になったら、最初にこの墓所《ネクロポリス》を破壊し、ここにいる全員をきちんと埋葬しよう。奴隷たちも、女王《スルタナ》と同様に記憶されるべきなのだから。

最後にもう一度息を吸いこむと、アディルがしっかりと手を握っているのを確認し、カリーナは川に飛びこんだ。

再びゴーニャマー川の力が一気にのしかかってきて、あっという間に肺が悲鳴をあげはじめた。視界がかすみはじめたそのとき、水面から顔が出て、ひんやりとした夜気の味を舌に感じた。川はそのままカリーナを宮殿の厨房《ちゅうぼう》の裏を流れている運河の岸まで運んでいった。

星の光の下で、カリーナはゴホゴホと咳《せ》きこんで、水を吐き出した。〈大いなる女神〉

に感謝を捧《ささ》げる。まだソルスタシア四日目の夜は明けていない。儀式の期限までまるまる三日ある。大量に採ってきた紅血月花《ブラッドムーン》はぐっしょり濡《ぬ》れていたけれど、奇跡的に無事だった。

見上げると、六人の召使いたちが目を丸くしてこちらを見下ろしていた。自分がもどってきたという知らせが広まるまで数分の猶予しかないと悟り、カリーナはすぐさま命令した。「体をふく布を持ってきて。あと、ファリードを呼んで」

十分後、カリーナは薄暗い明かりの灯《とも》された居間にすわっていた。肩には布をかけ、かたわらには水差しと果物が手つかずのまま置いてある。墓所《ネクロポリス》のこの世のものとは思えない輝きを目にしたあとでは、クサール・アラハリの光は、洗いすぎた布切れのように弱々しく感じられた。宮殿にアディルの姿はなかったが、無事だろう。そうでないなんて考えない。最後、離れ離れになったが、アディルは運河のどこか別の場所で、びしょぬれのままへたりこんでいるだろう。

ドアがギィと音を立てて開き、カリーナはハッとわれに返った。そして、思わずさけんだ。ファリードが思い切り抱きついてきたからだ。いつになく大げさな愛情の表現に、なにか言ってやろうとしたが、ファリードがひどく震えているのに気づいて、ジョークは呑《の》みこみ、彼に腕を回した。

「温かい歓迎はうれしいけど、ほんの数時間いなかっただけじゃない」

ファリードが体を放し、眉根を寄せたのを見て、カリーナの笑みは消えた。「カリーナ、〈地〉の日の火事以来、きみの姿を見た者はいない。評議会は、最後の試練はとりやめにして、朝にでも、きみの死を公に発表するところだったんだぞ」

「とりやめにしたって――今は何日なの？」

「〈火〉の日を数時間過ぎたところだ。真夜中すぎだ」

カリーナの心は重く沈みこんだ。〈火〉の日は六日目だ。アディルと墓所《ネクロポリス》に一日以上いたってこと？

「強制捜査はまだ行われているの？　裏切り者の手掛かりは見つかった？　エファのことでなにか変化はあった？」

「ああ、まだ行われている。いや、見つかっていない。いや、まだ変化はない」

カリーナはテーブルをぐっとつかんで体を支え、ファリードの言ったことを頭のなかで整理しようとした。失ったのは丸一日。よみがえりの儀式はあと二日以内に行わなければならない。評議会はさらに大きな力を手にしようとしており、エファは捕えられたままだ。

「すぐにハミードゥ司令官のところへ連れていって」カリーナは命令した。評議会がカリーナの死を発表したがっているとしたら、評議員たちを相手にいくら説明しても無駄だ。もはや容赦のない手を使ってでも、彼らを排除しなければならない。たとえ対立が激化することになっても。

しかし、ファリードはカリーナの命令に従おうとはせずに、髪をかきあげた。「ハミードゥ司令官はもういない。きみがいなくなったとき、評議会はソルスタシアの失敗をすべてハミードゥの責任だとして、司令官を解任したんだ。彼女がどこに連れていかれたのかは、わたしも知らない」

まさか。カリーナは床に崩れ落ちた。ファリードはかたわらにしゃがんだ。

「カリーナ」

「ぜんぶわたしのせいね」カリーナの声がかすれた。「彼らを止めなきゃならないのに、どうすればいいいか、わからない。彼らがズィーラーンの都を支配したっていうのに、わたしにできることはなにもない」

「カリーナ」

カリーナは小さな少女だったころにもどっていた。愛する人がみな、たった一日で奪われてしまった。「みんな、いってしまうのよ、ファリード。だれもかれもみんな！」

「悪いな、許してくれ」なんのことかたずねるよりまえに、ファリードは水差しをつかんで、カリーナの頭の上から水をぶっかけた。

カリーナは悲鳴をあげて、言葉にならない言葉をさけんだ。ようやく体が乾いてきたところだったのだ。「なんなのよ⁉」

「それはこっちのセリフだ！　自分のざまを見ろ！」ファリードがどなりかえした。

カリーナは自分の体を見下ろした。服は濡《ぬ》れてよれよれで、目も当てられない状態だ。

「きみの母上が亡くなって、評議会が主導権を握っている。それを変えることはできない。だが、わたしの知っているカリーナは、決して他人の思い通りにはならない人だ。自分に正当な権利のあるものが奪われようとしているのを、ただ泣いて見ているような人ではない」

カリーナは鼻をすすった。たしかに、ファリードの言うとおりだ。ここでただ泣きじゃくっていたって、どうにもならない。評議会に都を奪われたのなら、取り返すのみだ。

でも、どうやって？

カリーナはふと蛇豹《じゃびょう》の牙に目をやった。これを持ってきたのは、ただファリードに見せてあげようと思ったからだった。ファリードは昔から太古の世界に関心を持っていた。牙は布に幾重にも包まれたままだったが、布の先端に小さな穴があいている。と、みるみる穴は広がっていった。

カリーナは目を丸くした。疲れを押しやり、震える脚で立ち上がる。「すぐに評議会を招集して」

「先に休んだほうがいい」ファリードは反対した。

「いいえ、これは今夜終わらせる。必要なら、全部門に招集をかけて。とにかくここにこさせてちょうだい」

「だが――」

「ファリード」カリーナは、冷静かつ断固としたまなざしに見えるよう祈りつつ、家令を見上げた。「ファリードは、生まれてからずっとわたしの兄だったし、同じくらい長いあいだ教師でもあった。そのあいだずっと、わたしのことを、みながついていきたいと思うような女王《スルタナ》に仕立てようとしてくれたんじゃないの?」

「そのつもりだ」

自分の直感を信じたことで、ワカマの試合をやり抜くことができた。蛇豹《じゃびょう》から自分とアディルの命を救うこともできた。

今こそ、同じ直感でもって、評議会を相手にするのだ。

「なら、わたしの言うことをきいて」


大理石の間にぞろぞろと入ってきた評議員たちが怯《おび》えたような目つきでカリーナを見ているようすからすると、本当に死んだと思っていた者も少なからずいたらしい。風呂に入り、まだ朝の暗いうちから着るにはずいぶんと意匠を凝らした深紅のカフタンを身に着けたカリーナはすべるようにテーブルを一回りして、香りの強い薄荷茶を注いでまわった。ファリードは両腕を後ろ手に組み、律儀にカリーナの席のうしろに立っている。

全員が席に着くと、カリーナはぎりぎりで用意させたパンとお菓子のほうを指し示した。

「どうぞくつろいで、召し上がってちょうだい。議題は山のようにあるから」

だれも食べ物に手を伸ばそうとしない。カリーナは肩をすくめ、パンをひと切れ、オリーブオイルに浸しながら、だれが薄荷茶を飲み、だれが飲んでいないかを記憶した。

ついにムワーニ・ゾーラが沈黙を破った。「みなを代表して、殿下が無事に生きて帰られたことに、心からお喜び申し上げます」

「いったいどこにいっておられたのか、おききしたいものですな」ムワレ・オマルが憤懣《ふんまん》やる方ない調子で言った。薄荷茶は半分以上飲んでいる。「最後の試練を取りやめにしたのは、われわれとしても残念きわまりないことでしたからね」

「それについては、すぐに説明すると約束します。さて、みなさんはなぜ眠っている最中に招集をかけられたのか、不思議に思っていると思います。率直に言って、わたしは最近の評議会の態度には愕然《がくぜん》としています。ソルスタシアが始まって以来、わたしたちの民や客人に対して数えきれないほどの不当な行為が行われているのを目にしました。しかも、すべてが、わたしの一族の名のもとに行われています」

「強制捜査が、当初の計画よりも混乱を招いたことは認めますが、それも調査の一環として必要だったからです」ジェネーバ大宰相が言った。「殺人事件の解決が一日延びるごとに、ハイーザ・サラヘルの名がそのぶん汚されるわけですから――〈大いなる女神〉が陛下に平安を与え給わんことを」

「なによりも母の名を汚すのは、この都を無秩序状態に陥らせることよ」

カリーナは横にすわっている評議員のほうを見て、たずねた。「ムワレ・アハール、評議員になって何年になる?」

「五十年以上です、殿下」

「そのあいだ、何人の女王《スルタナ》に仕えたかしら？」

「おふたりです――殿下の母上と、その伯母上と。三人目にお仕えできることを願っております」ムワレ・アハールは慌てて付け加えた。

「じゃあ、この質問に答えて。五十年間、その名に恥じぬ貢献をされてきたというのに、どうして今になって、わたしの一族に歯向かおうというの？」

ムワレ・アハールは恥じ入った顔をするだけの嗜《たしな》みは持ちあわせていた。彼はコホンと咳払《せきばら》いをして言った。「大宰相のおっしゃった通りです。われわれのしたことはすべて、今回のソルスタシアに関わる異常な事態にかんがみれば、当然のことと思われます」

「もちろんよ。じゃあ、あなたは？　ムワーニ・ラービア」

ムワーニ・ラービア・アサラフは評議員のなかで二番目に年を取っている。彼女が居心地悪そうにもぞもぞするのを見て、カリーナはつづけた。「アサラフ家は、ズィーラーンが生まれた最初のときから、女王《スルタナ》を支えてきた。二家のあいだの愛にはひびが入ってしまったの？」

「わたくしの王家に対する愛はまったく変わっておりません」ムワーニ・ラービアの声は、

年齢のために震えていた。「しかし、正直に申しまして、殿下がズィーラーンを導くことを考えますと、その未来を憂いずにはいられません」

　この答えは予期していた。しかし、わかっていても、まるで氷水を浴びせかけられたような気がした。「説明してちょうだい」

　答えたのは、ジェネーバ大宰相だった。「ここにいる者たちは、殿下のことを生まれたときから存じております。そして、殿下の強さがどこにあるのか、この目で見てきました。そして、殿下の欠点も」

　ほかの評議員たちもうなずいた。ジェネーバ大宰相はつづけた。「ハイーザ・サラヘルが亡くなられて以来――〈大いなる女神〉が陛下に平安を与え給わんことを――殿下のお振る舞いには心を打たれております。しかしながら、それだけでは、これまで何年にもわたる殿下の数々の問題行動を帳消しにはできません。われわれは、殿下にズィーラーンを問題なく治める力がおありかどうか、不安に思っております。殿下が今、女王《スルタナ》の座に就くのが、都にとっていちばんいいこととは思えないのです」

「あなたがそのように感じる理由があることは、認めます」その言葉を口にすると、舌がひりつくような気がしたが、ある程度譲歩しなければ、先へ進めないこともわかっていた。

「この数年のあいだ、本来ならもっと責任ある態度をとれたはずだというのはわかっています。特に、姉がわたしの年齢のときに政《まつりごと》にどれだけ関わっていたかを考えれば、わたしにはその責任感が欠けていたでしょう」

いつか、ハナーネのことを、胸のつぶれるような思いをせずに話すことができる日がくるかもしれない。でも、今日はそうではなかった。

「今から、力のかぎりを尽くしてこの都と民を守ると誓います。しかし、それには、あなたがたにも約束してもらわなければなりません。強制捜査をやめると。そして、わたしの名のもとに不当な仕打ちはしないと」

「それは約束できません」ジェネーバ大宰相が言った。「わたしは、わたしたちの故郷を守るためにすべきだと思うことをこれからもするつもりです。これまでやってきたように」部屋のあちこちから、その通りだというつぶやきがあがった。カリーナはハアッと息を吐いて、ほおづえをついた。

「アークェイシー王が自分の民が逮捕されたことを知り、復讐《ふくしゅう》を企てたとしたら？　今、アークェイシーと戦争をして得するとでも思うの？」

「アークェイシーの者たちは、女王《スルタナ》を殺《あや》めた報いを受けなければなりません」

「自分の懐を潤すために戦争を始めるということかしら。自分自身は剣を持つことはないと知っているから。ちがう?」カチャンという音がして、空になった最後のカップがテーブルに置かれると、カリーナの顔から上っ面だけの礼儀正しさが掻《か》き消えた。「正直に言うわ。暗殺者を雇った人物がこのなかにいる」

部屋がしんと静まり返った。そして次の瞬間、何人かが怒りの声をあげた。

「殿下はわれわれを裏切り者とおっしゃるのか!」ムワレ・オマルがどなった。「こんな侮辱を受けたのは、初めてだ!」

「なら、関わっていないと言うのね?」カリーナはたずねた。

怒りの声が激しさを増す。カリーナはほくそえみ、ドレスから小さな包みを取り出して、巻きつけてある布をほどきはじめた。そして、蛇豹《じゃびょう》の牙に直接触れないように注意しながら、テーブルの上に落とすと、カチンと小気味よい音が響いた。

「蛇豹の毒よ。本物だから」カリーナは目の前の銀のティーポットを叩《たた》いた。「あなた方がくるまえに、このなかに入れておいたの」

評議員たちのとうてい信じられないという表情を見て、カリーナはテーブルの上に薄荷茶を、みなに見えるようたっぷりとこぼしてみせた。たちまち、木の天板は真っ黒になって反り返り、浅い穴があいた。

「数滴垂らしただけで、これだけの効果がある。みなさんが摂取した量はもっと多いわ」

ムワーニ・ラービアが怒りの声をあげた。「われらの死が伝われば、わが一族はおまえの血が川となって市場を流れるまで戦いつづけるぞ！」すでに何人かの評議員が真っ青になって、腹を押さえている。

「たしかに不公平よね。これが、それに対するわたしの答えよ」

カリーナはぐいと頭をそらし、ティーポットの中身をそのまま口に注ぎこんだ。一気に飲み干して、空になったポットをバンとテーブルに置き、仰天している評議員たちを眺めまわす。「ズィーラーンは、ここにいるわたしたちが生まれるよりはるか数世紀まえから存在してきた。そして、わたしたち全員が死んだあともずっと、存在しつづける」

「嘘《うそ》をついたんだな！」ムワレ・オマルが憤った声で言った。

カリーナは肩をすくめた。「さあね。わたしの毒物に対する知識は限られているのはたしかだけど、それを信用すれば、十分以内に真実はおのずと明らかになる」

ムワーニ・ラービアが最初に屈した。苦しげに咳《せき》をしてのどをかきむしり、ぴんと張った皮膚に幾筋もの赤い跡がつく。「衛兵！　水を！　水をちょうだい！」

兵士たちが部屋に入ってきて、カリーナのほうへ詰め寄ったが、カリーナは袖のなかから小さな薬瓶を取り出した。「解毒剤よ。あと一歩でも前に出たら、これを叩《たた》き割るから」

大宰相は目に怒りをたたえながら、兵士たちに下がるよう合図した。

「こんなことをして、なにをなさりたいんです？」大宰相は歯ぎしりしながら言った。額に、玉のような汗が浮かんでいる。答える代わりに、カリーナは薬瓶をテーブルの上に置き、短剣を抜いた。

「まず『取り調べ』の名目で逮捕したアークェイシーの人々を全員釈放して。第二に、今後、評議会がくだす決定はすべてわたしの承認を必要とします。このふたつを受け入れることを誓ってもらう。血の誓いで」そして、カリーナは目をぐっと細めた。「でも、解毒剤を渡すまえに、母の死に関わった人物に名乗り出てもらうわ」

「それで、わたしたちが解毒剤を手に入れたあと、近衛兵《センティネル》に命じてあなたを捕らえるのは、どうやって防ぐおつもりですか？」

カリーナがうなずくと、ファリードが前へ進み出た。

「ムワレ・オマル、娘さんはお元気ですか？」ファリードは何食わぬ顔でたずねた。

ムワレ・オマルがわけのわからないことをブツブツ言っているのを尻目に、カリーナが言った。「ファリード、まちがってるわよ。ムワレ・オマルには息子さんがふたりいるだけでしょ。そうじゃない、い？」

ファリードはうなずいた。「ああ、そうでした。申し訳ありません。では、ジュネーバ大宰相、ギャンブルの借金の件で王立銀行と片はついたということで、まちがいありませんか？」

礼儀正しい笑みを貼りつけたまま、ファリードは部屋を見回した。「この部屋にいる方はみなさん、この壁の内側にとどめておいたほうがいいことをお持ちです。こうしたことがご一族に伝わるようなことになったら、名誉に傷がつくのではありませんか」

「たしかに不名誉よね」カリーナが引き継いだ。「この部屋を出るにあたって、もしファリードかわたしの身になにかあれば、そうした事実に深い関心を寄せそうな人たちの手元に情報がわたるように手配してあるの」

評議員たちの顔に恐怖の色が浮かんだ。ファリードが何年ものあいだ、以前の家令やハヤブサ本人から、宮廷で重要な地位を占める者たちの情報を教えられてきたことを思い出したのだ。今、カリーナが手にしている蛇豹《じゃびょう》の牙に負けず劣らず強い毒となりうる、彼らの秘密を。カリーナは疲れをさらすまいと、すっと背を伸ばした。

「わたしはこの都のために死ぬ覚悟ができている」そして、天空を裂く稲妻のような鋭い笑みを浮かべた。「問題は、みなさんはどうなのかっていうこと」

時計の秒針が刻々と進むなか、カリーナは評議員たちの顔を一人ひとり眺めた。これでよかったのだろうか。すべてを投げ打って賭けに出たのに、そもそも評議会のなかに裏切り者がいなかったとしたら？

玉のような汗が背中を伝う。ああ、わたしは失敗する。さらに彼らを煽《あお》ろうとしたとき、ムワレ・オマルが悲鳴をあげて、のどをかきむしった。「わたしだ！　わたしが女王《スルタナ》の居住部分への鍵を売ったのだ！」

のどが締めつけられるのを感じながら、カリーナは命じた。「捕らえて」

兵士たちがムワレ・オマルを押さえつけた。ムワレ・オマルは理性を失ってわめいた。「女王《スルタナ》を殺すつもりではなかった。アークェイシーが女王《スルタナ》の命を狙っていると思わせれば、報復として、彼らの領土を要求できると思ったのだ！　この命に懸けて、女王《スルタナ》の命を奪うつもりなどなかった！」

カリーナがムワレ・オマルの口に無理やり解毒剤を数滴たらし、ムワレ・オマルの顔から取り乱した表情が消えた。

「感謝する」ムワレ・オマルはゼイゼイしながら言った。「わたしは――」

カリーナは力いっぱいオマルを殴りつけた。ムワレ・オマルの首がガキッと音を立ててねじれ、カリーナの手のひらが真っ赤になる。怒りは制御のきかぬけだものと化し、これ以上一秒でもオマルのみじめな顔を見ていたら、自分がなにをするかわからない。カリーナは罪人を連れていくように命じた。

兵士たちがわめきたてているムワレ・オマルを引っ立てて出ていくと、ムワーニ・ゾーラが泣きついた。「殿下、どうか解毒剤を」

「わたしはまだ平気よ」精一杯怒りを抑えつける。まだやらねばならないことがある。「血の誓いを。さあ」

最後の評議員が血の誓いを終えたときには、短剣の柄が血でぬめっていた。カリーナは解毒剤の最後の数滴をはやる思いで飲み下した。

「では、今日の最後の試練でお目にかかりましょう」カリーナは、失意のうちにぞろぞろと出ていく評議員たちの丸まった背中にむかって言った。最後のひとりが出ていくと、カリーナは横ざまに崩れ落ち、うめき声をあげた。すぐさまファリードが駆け寄った。

「すぐに癒し手を呼ぼう！〈大いなる女神〉よ、助けたまえ。自分に毒を盛るなんて！

もう何世紀ものあいだ、蛇豹《じゃびょう》を見た者はいないんだぞ。いったい牙なんかどこで見つけたんだ？」

一週間ぶっつづけで眠れそうなほど疲れていたが、カリーナはニヤッとしてファリードを見上げ、目をきらりと光らせた。「わたしの自衛本能をずいぶんと甘く見てるみたいね」

そして、ファリードに小瓶を渡した。ファリードは、それが、毎回食事まえに王家の人々が飲む抗毒素だと気づいて、目を見開いた。

「わたし、自分で思っていたよりもいい女優ってことね。みんな、わたしが毒を飲んだと思ったんだから。解毒剤がなかったとしても、死にやしないわ。抗毒素には、人を殺すだけの毒はないからね。でも、今夜の会場では、みんなひどい下痢かも」

「裏切り者の件もはったり？」ファリードがきくと、カリーナはうなずいた。ファリードは信じられないというように首を振り、それから、眉根を寄せた。「伝統では、ソルスタシアの試練は奇数日の日没に行われることになっている。〈火〉の日は六日目だから、明日の夜まで待ってから――」

「最後の試練は、正午に行う」ここまできて、伝統に邪魔させる気はなかった。ファリードは反対しようとしたが、カリーナは片手をあげて、黙らせた。「アジュール庭園棟へ知らせをやって、勇者たちに夜明けから四時間後に競技場にくるよう伝えて」

裏切り者の件はけりがついたかもしれないが、だからといって、ズィーラーンにふさわしい君主が母であることには変わりない。それに、これだけの修羅場を乗り越えたというのに、よみがえりの儀式をしないなどという選択肢はない。カリーナの決意が固いことを見て取ると、ファリードはうなずいて、命令を遂行するために出ていった。

ほんの一回、心臓が打つあいだだけ、ハヤブサだったら評議会の反乱を抑えるのにどんな手を使っただろうと思う。母なら、力を誇示したり、偽ったりせずに、彼らの忠誠を手に入れたにちがいない。

だが、ハヤブサはいない。いるのは、カリーナなのだ。

カリーナは髪を指ですくと、さっとはねのけ、疲れと落胆もいっしょに押しのけようとした。いくら疲れたとしても、死ねばいくらでも眠れる。

とうとう最後の試練のときがきた。結果がどう転んでも、王の心臓は手に入るのだ。

第9章　マリク

「恵み深きアダンコに感謝を。大きなけがもなく無事もどってきて、よかった」

マリクは答えなかった。〈生命〉の大神官の顔から笑みが消え、所在なげに野ウサギの背をなでた。ウサギが首をかしげたしぐさが妙に人間っぽく、マリクのことをじっと観察し、肉までを剝がして、心の醜い真実をむきだしにしようとしているように感じられた。

最後の試練が今日〈火〉の日に開かれるという知らせがもたらされると、大神官たちはみな、逆上した。ズィーラーンの歴史上、試練が偶数の日に行われたことはないし、日没以外に始まったこともない。ズィーラーンじゅうで不吉だ、縁起が悪いとささやき合う声が聞かれたが、宮殿から直接下された命令に敢《あ》えて歯向かう者はいなかった。マリクがミッドウェイの最中に姿を消し、一日半後に濡《ぬ》れて、あざだらけの状態でアジュール庭園棟にもどってきたという噂《うわさ》は広まりつつあったが、試練の日の変更はそれをはるかに上回る格好の話題となった。

第三の試練が始まるまで一時間となり、準備チームが忙しく飛び回っているなかで、マリクは黙りこくっていた。ほかのふたりよりも早く支度が済んだので、トゥーンデとドリスがまだ用意をしているあいだに、マリクはアジュール庭園棟にある〈祈りの部屋〉でアダンコの彫像の前にひざまずいた。外にいる人々には、敬虔《けいけん》な勇者が、守護神に助言を求めにきたようにしか見えないだろう。そこに、はるかに忌まわしい真実があるなどと、疑う者はいないはずだ。

〈生命〉の大神官は不安げにきゅっと唇を引き結んだ。「勇者アディル、なにか心配事があるなら、どうかこのわたしに――」

「今はひとりにしてください」

祖母《ナナ》なら、孫が聖なる女性にこんなぞんざいな態度をとるのを見たら、悲鳴をあげたにちがいない。けれども、墓所《ネクロポリス》の出来事を潜り抜けてきたあとでは、礼儀作法など意識のかなただった。

カリーナを殺す二度目のチャンスだったのだ。これ以上ない機会だったのに、失敗した。

今回はもはやなんの言い訳もできない。重い真実とむき合うしかない。

マリクにはカリーナを殺すことはできない。ナディアの命がかかっているとしても、できないのだ。

〈生命〉の大神官は戸口の前でためらうように言った。「そろそろ最後の試練の戦略をもう一度検討したほうが――」

「出ていってください」

その言い方から、従ったほうがいいのは明らかだった。すばやく敬意を示すしぐさをすると、〈生命〉の大神官はうしろへ下がり、古びた階段をおりていった。マリクは敷物の上に膝をつくと、自分の名前を言えるようになるまえから身についていた祈りのポーズを自然に取った。

「恵み深きアダンコ……」そこで口を閉じると、こみ上げてくる吐き気を抑えこむ。

恐怖。真実は単純で、かつ複雑だった。ひと言でカリーナを殺すといっても、不確実なことだらけだ。わからない、ということはなによりマリクの不安を掻《か》きたてた。あまりにも多くの要素が関わっている――人を殺すのはどんな気持ちなのか？　アラハリ家の血筋が絶えたら、ズィーラーンはどうなる？　そして、エシュラは？　イディアが約束を守らず、無駄に罪のない少女を殺すことになったら？　〈顔なき王〉はなぜ自分の子孫を殺したいのか？　山のような質問を前にして、なにも考えられなくなる。

しかし、本当に自分の心に正直になれば、ためらっているのは、恐怖のためだけではない。カリーナに出会った瞬間から、マリクはこれまで知っているどんなものともちがう深いつながりを感じた。王女はマリクを突き動かし、マリクのために戦い、マリクをけしかけて、マリク自身これまであるとも思っていなかった勇気を生み出すきっかけを与えてくれた。最初に街角でぶつかったときから今までのあいだのどこかで、カリーナを殺すなんて、考えられなくなってしまったのだ。

今でも、蛇豹《じゃびょう》を殺したあとの、あの瞬間を思い出すと、ほかのことはすべて頭から消え去ってしまう。考えるたびに、記憶は少しずつ変わる。あのとき、ふたりのあいだの溝を超えることができたら、どうなっていただろう。彼女の髪に指を絡めたら、どんな感触がしただろう。自分の胸に彼女の胸が押しつけられたら。

真実は彼を解放するのと同時に、破滅へ追いやる。重荷がひとつなくなるけれど、結局、また別の重荷に押しつぶされるだけだ。自分は、カリーナのことを求めている。カリーナといっしょにいたい、カリーナのそばにいたい、カリーナが秘密を打ち明け、心を託してくれるような人物になりたい。そうした思いが強すぎて、ほかすべての感覚が毒されてしまった。マリクがバカみたいにのぼせあがっているせいで、苦しむのはナディアなのだ。

でも、ナディアを助けたところで、そのあとはどうするんだ？　また物陰に縮こまる生活にもどって、次に家族で暮らす場所では、せめてまえよりは憎まれずにすむように願うだけ？　生まれた場所のせいで、さげすまれる日々にもどるだけなのか。

それに、魔法の力はどうなる？　ユールラジー・テルラーについてわかっているのは、ケヌア帝国とつながっていたということだけだ。その征服と苦しみの歴史の一端を担ぎたくはない。それに、ズィーラーンの権力者たちが、マリクとユールラジー・テルラーとのつながりを知ったら、彼の家族は処刑されるだろう。ズィーラーンがもっとも憎む敵と関係があるのだから。けれど、魔法を使うと、こんなにも完全でまったき存在だという気持ちになるのに、それが残忍で忌まわしいものだなんてありえるのだろうか。

マリクはすっかり思考の海の底に沈んでいたので、ドリスが入ってきたことに、すぐには気づかなかった。

「ぼくの召使いが、ミッドウェイで面白い話を小耳にはさんだんだ」

マリクは答えなかった。イディアがナディアを傷つけているおそろしい場面が脳に焼きついて、頭がいっぱいだったのだ。

ぜんぶぼくのせいだ。ナディアは死ぬ。そして、それはぼくのせいなんだ。

ドリスはかまわずつづけた。「マリクという名前のやつのことだ。その名前を知っているか？」

マリクはハッと息を吞《の》んだ。どうしてドリスがそれを——待てよ。あのとき、見世物の動物たちがいるテントで言い争ったときに、レイラはマリクの本名を使っていた。手のひらにみるみる汗がたまっていく。取りすがって頼もうか。〈太陽〉の勇者の前にひざまずいて、秘密を洩《も》らさないでくれと泣きつこうか。しかし、マリクの体は動かなかった。恐怖があまりにも大きくなると、ある時点から、麻痺《まひ》してしまう。マリクはとっくにその時点を超えていた。

「おい、聞いてるのか⁉」ドリスはマリクの服のうしろをつかんで、立たせた。〈太陽〉の勇者の暗い目は怒りで燃え、ゆるくうねった髪はくしゃくしゃに乱れていた。「おまえは、アディル・アスフォーなんかじゃないだろ。おまえはだれだ？　どんなずるい手を使って勝ったんだ？」

マリクはドリスの手を見つめた。恐怖が、なにかもっと鋭く、強いものに取って代わる。

イディアや、マリクがこれまでの人生で耐えてきた苦しみに比べれば、ドリスの脅しなど、なんでもない。

「離せ」マリクはぼそりと言った。

「は？」

「離せって言ったんだ！」

怒りが恐怖を押しやり、気が付くとマリクは〈霊剣〉を呼び出し、切っ先をドリスの腹にあてていた。〈太陽〉の勇者は飛びのいて悪態をつき、マリクははっとして剣を背中のうしろに隠した。剣が皮膚に沈み、タトゥにもどる。

「三つの試練が不正だと思ってるなら、やめろよ！」マリクはどなった。「どこへでも好きなところへいけばいいじゃないか！　なんでもやりたいことをやれよ！　きみは書類にも兵士にも止められやしないんだから。だから、いけよ！　ぼくのことは放っておいてくれ！」

ドリスが歯をむいて、飛びかかってきた。横っ面をはたかれて、よろよろとうしろに下がり、口から滴った血をぬぐう。痛みで耳鳴りがする。すると、ドリスはマリクのみぞおちを殴り、胸にパンチを食らわせた。

小さくなれ。頭のどこかで、いじめっ子や実の父親に殴られたときに聞こえた声がする。ダメージを最小限に抑えるんだ。

だが、マリクは身を護《まも》ろうとはせず、殴られるがままにした。血で視界が曇る。このまま殴り殺されればいい。自業自得だ。自分がやったことを思えば、それでも軽いくらいだ。

「アディル？　いる？」

レイラが入ってきた。弟を迎えにいくよう、言われたのだろう。引き返してくれ、この場面を見ないでくれと願うが、レイラはふたりが争っているのを目にしたとたん、階段を一段とばしで駆けあがってきた。

「弟から離れて！」レイラはさけぶと、ドリスに飛びかかった。しかし、〈太陽〉の勇者はあっけなくレイラを突き飛ばした。レイラの背中が階段の手すりに打ちつけられる。それを見たとたん、マリクのなかでなにかが切れた。

ぼくのことなら、好きなだけ叩《たた》けばいい。殴って殴って、アジュール庭園棟がぼくの血で真っ赤に染まるまで殴ればいい。

でも、レイラには指一本触れさせない。

あとから考えても、マリクはどうやって自分が立ち上がったか、思い出せなかった。なにを言ったかも、どの言語を使ったのかも、正確にはなにも思いだせない。だが、自分が創り出した幻については覚えていた。もっとも暗い悪夢から引きずりだした怪物。マリクがさけぶと、怪物は共にさけび、ドリスに襲いかかった。〈太陽〉の勇者は悲鳴をあげて、怪物をよけたひょうしに階段の手すりにガツンとぶつかった。

ベキッと木の割れる音がした。数秒遅れて、なにが起こったか理解する。殴られて顔は腫れはじめていたが、それでも必死でドリスのほうへ手を伸ばす。自分がダラジャット語でしゃべっていることに気づいたのはそのときだ。ドリスが彼の手を払いのけたから。

「触るな、汚らしいケッキーめ！」

マリクはなすすべもなく、ドリスが真っ逆さまに落ちていくのを見ていた。見下ろすと、タイルの床の上で体の下敷きになった首と腕がおかしな角度で曲がっていた。怪物の幻は消え、マリクは恐怖に凍りついて、ドリスの頭の下に後光のようにみるみる血がたまっていくのを呆然《ぼうぜん》と見つめた。レイラが立ち上がった。震えてはいるが、けがはしてない。

そして、祈りの部屋の戸口にトゥーンデが立っていた。トゥーンデはドリスの死体とマリクを交互に見た。その目には、百万の問いが浮かんでいた。彼がどこから見て、どこから聞いていたのかは、わかりようもないが、どう説明しようと、ドリスの血が聖なる場所を汚している現実は変えることはできなかった。

「勇者たち、そろそろ――おお、〈大いなる女神〉よ！」

入ってきたのは〈太陽〉の大神官だった。彼女の悲鳴で、アジュール庭園棟じゅうの人々が集まってきた。すぐに兵士たちが駆けつけ、人々を押しのけてなかに入ってくると、ドリスの遺体に駆け寄った。

「だれがやった？」隊長が大声で言った。魔法はまだ皮膚の下でくすぶっている。マリクは必死で考えを巡らせた。ここにいる全員に魔法をかけ、言うとおりにさせることくらい、簡単にできる。目撃者を消し、ここから立ち去れば……。

マリクが口を開こうとしたとき、レイラが進み出た。「あたしです！　あたしが突き落としたんです！」

「え、ちが――」マリクは言いかけたが、レイラが言った。

「弟の言うことは聞かないで。弟はあたしをかばおうとしてるだけよ！　弟を迎えにきたら、彼がドリスとけんかをしていました。ふたりを止めようとして、ドリスを押しのけたら、あそこから落ちてしまったんです」そして、レイラはトゥーンデのほうにむき直った。

なにが起こったのか見ていた、唯一の証人に。「トゥーンデ、みんなに話して。あたしがやったって」

トゥーンデは姉と弟を交互に見比べた。彼の顔に浮かんでいた動揺と戸惑いが、諦めに変わる。

「そうです。先に手を出したのはドリスです。でも、手すりから突き落としたのは、イスハールでした」

世界がのろのろと動きを止めた。兵士たちがレイラを捕らえ、〈生命〉の大神官はマリクを引き寄せようとしたが、マリクは振り払った。こんなこと、嘘《うそ》だ。姉まで奪われるわけにはいかない。

「姉に触るな！」マリクは悲鳴をあげた。「姉はやってない！　やったのはぼくだ！」

レイラは最後にもう一度マリクを見ると、兵士たちに引きずられていった。〈生命〉の大神官が、マリクを反対側へ引っぱっていく。レイラは声には出さず、口だけ動かしてダラジャット語で言った。クサール・アラハリのなかで、マリクにしかわからない言葉で。

あの子を助けて。

勇者がひとり死んでも、最後の試練が取りやめになることはなかった。〈太陽〉の神殿は、勇者の死を悼んで延期を嘆願したが、宮殿はそれを拒んだ。こうして、マリクはまたもや競技場に立つことになった。今回、横にいるのはトゥーンデだけだ。何千という人々が、口々にふたりの名前をさけんでいる。観客がいないのは、〈太陽〉の人々がすわるはずだった一画のみだった。だれもいない観客席は、彼らがあげるはずだった声援よりも多くを物語っていた。

クサール・アラハリは最後の試練に相当の力を注いだようだった。ワカマの試合のあとわずか三日のあいだに、競技場の真んなかには、砂岩の迷路が造られていた。迷路の壁は二階分の高さがあり、入り口からうねるように流れこむ霧は、焼けつく暑さにもかかわらず、氷のように冷たい。バイーア彗星《すいせい》の光すら、この不気味な建物の影にかすむようだった。

観客の興奮とは裏腹に、迷路の外の雰囲気は沈み切っていた。カリーナの顔から笑みは消え、動きも精彩を欠いている。自分と同じで、墓所《ネクロポリス》での出来事で疲れ切っているのかもしれないとマリクは思う。カリーナは顔をゆがめて、マリクとトゥーンデを見比べた。ドリスの不在が重くのしかかっていた。

ドリスの遺体は家族のもとへもどったのだろうか？　兵士たちはレイラをもう処刑したのだろうか？　罪を犯したのはマリクなのに。数えきれないほどの疑問が頭で渦を巻き、いくら体の奥深くにしまいこんでも、すぐにまた、触手を伸ばすように恐怖がのどを這《は》いあがってくる。

だが今は、ドリスを殺したことで、打ちひしがれてはいられない。決して実現しないカリーナとの未来を夢想している場合じゃない。レイラの犠牲が無駄にならないようにしなければならないのだ。

この闘いに勝たねばならない。たとえどんな代償を払おうと。

カリーナが人々に呼びかけた。「ズィーラーンの民よ、ついに最後の試練の日がやってきた。だが、愛すべき勇者のひとりを悲劇が襲った。大いなる女神が、彼の魂を〈星々の輝く場所〉へ導いてくださらんことを。ドリス・ロザーリの誇り高くたけだけしい魂がいつまでもわれらが記憶に残らんことを！」競技場にいる人々はみな、三本の指を唇にあて、それから胸の上を押さえた。マリクはえずかないよう必死でこらえなければならなかった。

祈りが終わると、カリーナはマリクとトゥーンデのほうにむき直った。「わが祖母バイーアは穢《けが》れなき真の心の持ち主だったからこそ、ケヌアを倒すことができた。ゆえに、この迷宮には、あなたたちの真の心を試す障害物が用意されている。勇気、抜け目のなさ、どんな代償を払おうともやらねばならぬことをやる力。今、その身に着けている服以外、なにも持たずにいくこと。時間制限はない。先に迷路から出たほうが、勝利する。勇者たちよ、準備はいいか？」

「はい、準備はできています」ふたりの勇者は答えた。カリーナはふたりの顔をそれぞれ見たが、心臓がほんの一回打つあいだだけ、マリクのほうを長く見つめた。マリクはごくんとつばを飲みこんで、顔をそむけた。

大神官たちはそれぞれの勇者に杯を渡し、すべて飲み干すようにと言った。サクランボと泥のあいだのような味のするものが、マリクののどをすべり落ちていった。再び顔をあげると、世界がぼんやりとした光を帯びていた。ふたりが杯の中身を飲み終わると、カリーナはうしろに下がり、迷路のほうへ片手を掲げた。

「いけ！」

マリクとトゥーンデは走り出した。人々の歓声が霧のなかに溶けていく。何度か角を曲がると、道が三つに分かれているところに出た。正午を過ぎたばかりなのに、霧が垂れこめ、その先にあるものまで日の光は届いていない。

トゥーンデはマリクの腫れあがった目を見やった。「ふたりきりになったところで、怪物を呼び出してぼくのことも食わせるつもり?」

友のふざけた口調の裏には、恐怖が隠れていた。だが、マリクはなんて答えればいいかわからなかった。なにを言っても、よけい悪いほうに転ぶだけだ。そのままいこうとしたとき、トゥーンデに肩をつかまれ、マリクはビクッとした。

「本当になにも言わないつもりか? なんの説明もしないのか? あの……あれのことを?」

マリクはトゥーンデの手を払いのけたが、〈水〉の勇者は彼をにらみつけた。「どういうことか言ってくれなければ、助けようにも助けられない!」

マリクは、初めてできた友のことをじっと見つめた。次に会うときは、どちらかが王になっているのだ。

「この試練で、きみが助けなければならないのは、ぼくじゃないかもしれない」そう言い残すと、マリクは右の道を選び、先に走りはじめた。

曲がり角はすべて辿《たど》ってみるつもりだったが、その道は不安になるほどどこまでもまっすぐだった。濃い霧のなかで呼吸をするうちに、肺が熱くなる。どのくらい時間が経《た》ったのか、まったくわからない。

曲がり角を見過ごしたのかもしれないと思って引き返そうとしたとき、なにかに足が引っかかった。とたんに世界は闇に包まれた。

立ち上がろうとすると、手がなにか平らなものに触れた。木の板か？　汗と小便でじっとりとした空気が体を満たす。生きているかぎり忘れられないにおい。マリクは、荷車のなかにいた。姉妹たちとオジョーバイ砂漠を渡ってきたときに隠れていたのとそっくりな、床下の狭い空間。荷車が左右に大きく揺れ、横にいる人にぶつかると、うめき声が聞こえた。

よく知っている声。数か月のあいだに、何度も聞いた声だ。まさかあのときの荷車にいるのか？

でも、どうして？

「ナディア！」マリクはさけんだが、彼の傍らで膝を抱えていたはずの妹はいなかった。上半身をねじって横を見るだけのスペースすらない。息を吸うたびに、腐った池の水が口いっぱいに流れこんでくるようだ。悪臭で目がひりひりし、涙が流れ落ちる。

エシュラの民ならみな、命がけでオジョーバイ砂漠を渡った人たちの話を聞いている。

ほとんどは見つかるか、人身売買業者に売り飛ばされるか、いくらでもあるおそろしい運命の犠牲となる。そうした人々は、教訓やひそひそと語られる噂話《うわさばなし》のなかでだけ、生きつづけるのだ。ほかの人々がみなそのような運命をたどったのに、マリクと姉妹だけが生き延びられるはずがない。

もしかしたら悲鳴をあげたかもしれないが、もしその声を聞いた者がいたとしても、気に掛けはしないだろう。最後にマリクの息の根を止めるのは、貧しさでもズィーラーンの兵士たちでもない。このぼろぼろの荷車なのだ。四方から壁が迫ってきて、肺から空気を押しだし、体から生命を搾り取る。二度と母さん《ママ》や祖母《ナナ》には会えないだろう。二度と学校へいくこともない。ズィーラーンを目にすることも、決してない――。

いや、ぼくはズィーラーンを見た。ジェヒーザ広場を歩き、湖で踊り、蛇豹《じゃびょう》を倒したのだ。

あれはすべて現実だ。そして、今、見ているのは現実ではない。

荷車は再び大きく揺れ、近くにいる人物が嘆きの声をあげた。マリクはすばやく〈霊剣〉を呼び出すと、足元の木の板に切りつけた。すぐに、自分の体が通れるくらいの穴をあける。だが、荷車の下には、金色の砂ではなく、白い霧が渦を巻いていた。マリクはそれを見て、凍りついた。その一瞬のためらいをついて十数の手が彼の服をつかんだ。

「わたしたちも連れてって！」周りから声があがる。「おれたちも連れていけ！」

罪の意識がのどが締めつける。あの旅の終わりになにが待ち受けているか知っているのに、見殺しになんてできない。ここに留まって、なにか方法を考えなきゃ——。

ちがう。これは幻だ。記憶が形をとっただけなのだ。記憶から引っぱり出された人々は、現実にはマリクがどうしようもできないところにいる。この迷路は、意識が本人を攻撃するよう仕向けるんだ。もう二度と、そんなものには騙《だま》されない。

ナディアのために。

幻の手を振り払い、マリクは穴をくぐった。ゴロゴロと転がって、目をつぶる。

再び目を開くと、自分の家に仰向けに横たわっていた。

マリクは立ち上がって、子ども時代の家を驚きと懐かしい気持ちが交じり合った思いで眺めまわした。低いテーブルをそっと手でなぞる。祖母《ナナ》にズィーラーン語の練習をさせられたテーブルだ。祖母《ナナ》自身は読むこともできなかったのに。毎晩毎晩、みんなが眠ったあともずっと、祖母《ナナ》はマリクにくりかえし文字を書かせた。ズィーラーンの民と同じくらいうまく書けるまで。

母《マ》さん《マ》が少しでも余分な収入を得るため、村の女の子たちの髪を編んでやっていたぼろぼろの長椅子もある。五年ほどまえ、マリクはこの長椅子にレイラと祖母《ナナ》とすわった。まだ赤ん坊だったナディアは、マリクの背でかん高い声をあげて泣いていた。母《マ》さん《マ》はみなに、父《バ》さん《バ》が今度の旅から帰ることはないと告げ、でも、家族は大丈夫だと言った。あのときの母《マ》さん《マ》の、ココナッツとヤシ油の混ざった香りがまだ残っている。

家は本当に狭く、ズィーラーンのいちばん質素な家よりもなお小さかったが、それでも、マリクの全世界だった。あちこちのひっかき傷や、鍋のへこみのひとつひとつが、貧しさや苦しみだけでなく、愛にあふれていた子ども時代の思い出をたたえていた。

しかし、家族の思い出に囲まれているのに、家族の姿はどこにもなかった。

「ねえ、みんな！」マリクはためらいながら呼んだ。

世界が震えた。

ガラガラガラと鍋が大きな音を立てて落ち、天井からがれきが降ってきて、マリクの顔は土埃《つちぼこり》にまみれた。すかさずテーブルの下に飛びこむ。世界が揺れている。地震か？本能は、急いで逃げろ、早く走れ、とさけんでいる。でも、地震から逃げるといったって、どこへいけばいいいんだ？

外へ出ようと決意したとき、声がした。「マリク！」母《マ》さん《マ》の声だ。

その瞬間、自分のことは頭からふっとんだ。母さんの声だ。

「母《マ》さん《マ》！」目の前の地面が裂けていく。マリクは思い切りジャンプし、反対側にドサッと着地した。歯が折れそうになる。母《マ》さん《マ》の悲鳴が聞こえてくる地下室のすぐ手前まできたとき、洗面所のほうから別の声がした。

「マリク、助けておくれ！」

祖母《ナナ》だ。ぐるりとむきを変え、祖母《ナナ》の声が聞こえるほうへいきかけたとき、今度は、家の奥のほうからレイラの助けを呼ぶうめき声が聞こえてくる。さらに、ナディアの声が響く。

マリクは動けなくなる。家族みんなが同時に助けを求めている。祖母《ナナ》がいちばん年を取っているから、最初に助けるのが理に適《かな》っている。でも、本当なら助けられたのに母《マ》さん《マ》が死んでしまったら、一生自分のことが許せない。でも、レイラはどうする？　姉は一度だって助けを求めたことなどなかった。ましてや、弟に助けを求めるなんて。とはいえ、ナディアはだれよりも幼い。だれよりも、守られるべき存在だ。

家はみるみるバラバラになっていく。助けられるのはひとりだけだ。

「助けて、マリク！」

「だめよ、わたしを助けて！」

四方の壁がぐっとたわみ、家族のさけび声が絶望の悲鳴に代わる。目の前の選択の重さに、マリクの胸は押しつぶされる。

母《ママ》さん。祖母《ナナ》。レイラ。ナディア。

ほか三人を見殺しにして、ひとりを助けることなんてできない。無理だ。

それに、マリクの家族は、そう、本物の家族はだれひとりとして、ほかの家族を見捨てろなんて言わない。どんな悲劇に見舞われようと、五人は常に力を合わせてきた。その記憶が、マリクを幻から引き離した。

これは、自分の家ではない。彼の家族は死にかけてなどいない。自分は、最後の試練のさなかにいるのだ。今すぐこの迷路からの出口を見つけなければならない。次の生々しい幻に、また引きずりこまれるまえに。

また大きな揺れが襲い、マリクは足を踏ん張った。どんどん崩れていく世界をさっと見まわし、家の端に流れている小川に目を止める。揺れはどんどん激しくなっていくのに、川面《かわも》は鏡のように穏やかだ。マリクはそちらへむかって走り出した。家から離れれば離れるほど、家族の悲鳴が大きくなる。

「マリク！　助けて！　助けて！　わたしたちを見捨てるつもり？　マリク！」

最後のためらいをかなぐり捨て、マリクは流れのゆるやかな川に飛びこんだ。ガラスの砕けるような音が響きわたり、マリクの体はくるりと回転した。一回、二回……。

そして、足が地面に触れた。そこは、太陽と砂の世界だった。

乾燥したオジョーバイ砂漠の風景は、見慣れたエシュラの緑多き世界のあとだと、よけいにマリクを不安にさせた。家ほどもある黄金色の砂丘が地平線に屹立《きつりつ》し、太陽は空の真んなかの白い点のようで、どちらが南でどちらが北か見定めることもできない。ズィーラーンは影も形も見えず、自分が砂漠のどのあたりにいるのかを示す目印は、ひとつもない。

オジョーバイ砂漠の物語はいくらでも聴いていたが、砂丘に囲まれて立っていると、これほどまでに自分が小さく感じるとは、想像していなかった。エシュラではどこにいても、山々は常に見え、民と土地を守る繭のようだったのだ。しかし、砂漠では空はあまりにも大きく、人はあまりにも小さい。

どこへでも好きなところにいけるのに、どちらの方向もまちがいだという気がする。

それでもマリクは方向を決めて、歩き出した。やがて、足を止め、別の方向にむかう。けれども、気がつくと、また元の地点にもどっていた。焼けつくような日の光で首のうしろが火ぶくれを起こしているが、身を護《まも》るようなターバンやフードはない。舌がどんどん重たくなり、はるか遠くに見えるオアシスへむかってよろめきながら歩いていくが、近づくと、蜃気楼《しんきろう》となって消える。そのたびに、マリクは倒れ伏し、砂が皮膚に無数の小さな傷を作り、針で刺されたような痛みをもたらす。

とつぜん、聞き慣れた子どもの泣き声が頭に飛びこんでくる。ナ、デ、ィ、ア。かわいそうな子どものかたわらに膝をつく。子どもは頭を膝のあいだにうずめ、ボールのように体を丸めている。

「どうしたんだい？　けがをしてるの？」

子どもが顔をあげる。黒い縮れ毛と、月フクロウのような、夜よりも暗い目が現れる。稲妻で打たれたように、マリクは飛びのく。目の前にいるのは、ナディアくらいの年齢だったときの自分だ。少年の目の疲れ切った表情や、小さな足に巻かれた包帯から、ティティばあさんのところへ連れていかれたあとだとわかる。村の長老たちが、彼を「治療」しようとした日だ。その日からあの発作が始まったのだ。

子どもは慌ててマリクから離れ、悲鳴をあげる。「こっちへこないで！」

「そんなつもりじゃ……」マリクは言い訳しようとするが、子どもは近くの砂丘のうしろに走りこむ。子どもが蹴りあげた砂がもうもうと舞いあがる。五感はこれ以上迷路の仕掛ける罠《わな》にはまるなとさけんでいるのに、マリクは幻のあとを追いかける。

「触らないで！　みんな、あなたは本物じゃないって言ってる！」子どもはさけぶ。

「お願いだから、待って！」マリクは声をあげる。だが、幼い彼はごつごつした岩山のなかに入り、見えなくなる。マリクは振り返ったひょうしに、第二の幻にぶつかる。

また自分だ。でも、さっきの子どもより少し大きくなっている。背は、今の彼ともうほとんど変わらない。幻の目の下には黒いクマができ、ようやく聞き取れるくらいの声で、ブツブツと独り言を言っている。

「息を吸って」幻のマリクは腕の皮膚をひっかく。血が流れ、赤い跡が残る。今のマリクは、トゥーンデがくれたゴム紐《ひも》を引っぱろうとするが、手首にはなにもない。「現実に留まれ。ここに留まれ」

幻はぐるぐると歩き回り、目がどんどん狂気じみていく。「しっかり正気を保っていないと、どこかへやられてしまうぞ。ぼくが正気でいれば、父さん《ババ》もどってくる」

さっきのが発作が始まったころの自分だったとすれば、今、目の前にいるのは、それがいちばん悪化したときの自分だ。父さん《ババ》が出ていった年の自分。迷路の罠《わな》のなかでも、これがいちばん残酷だ。あのときと同様、人生でも最悪のときからどう抜け出していいのか、今のマリクにもわからない。

「ごめんなさい、父《バ》さん《バ》。もう亡霊が見えるなんて嘘《うそ》を言ったりしないよ。ごめんなさい、許して、本当に、本当にごめんなさい。ぼく、いい子になるよ。いい子になるって約束する」

マリクは、目の前の自分にむかって手を伸ばそうとするが、腕が動かない。皮膚の下に手を突っこんで、魔法の力を掻《か》き出《だ》してしまえればどんなにいいだろう。どんなに美しい幻を創り出せるとしても、人々を魅了することができたとしても、魔法の力が彼に与えてくれたものより、奪ったもののほうがはるかに多いという事実は変わらない。

「ぜんぶおまえのせいだ」

幻は消える。代わりに、そこにいるのは今の自分だ。だが、髪は今より長く、汚れ、体に生気はなく、目は落ちくぼんでいる。ソルスタシアのまえの晩のマリクだ。腹を空《す》かせ、汚れ、希望を失った自分。イディアに出会うまえ、自分の話に耳を傾けてもらうのがどういうことなのかを知るまえのマリクだ。

幻が一歩前に出た。「自分のことをまえよりましだと思ってるかもしれないけど、そうじゃない」

　マリクはうしろに下がろうとする。でも、下がることのできる場所はない。目の前の自分は着実にこちらへむかってくる。一歩進むごとに、声が大きくなる。

「たとえましになったとしたって、そのままでいられはしない。そのうち、どんどん落ちていって、二度と這《は》い上がれなくなる」

　マリクは〈霊剣〉を呼びだし、幻に切りつける。だが、幻はやすやすと避ける。幻はマリクの服をつかみ、ぐいと引き寄せる。「こうなったのは、ほかでもないおまえのせいだ。とっくの昔に終わらせることができたのに、おまえはそうしなかった」

　すると、幻はカリーナになる。片方の手をマリクの胸に押し当て、もう片方で彼の髪をかき上げる。マリクは思わずうめき声を漏らす。カリーナはやさしく微笑《ほほえ》む。

「こうしてほしいの？」カリーナはのけぞるようにマリクに体を寄せる。唇が危険なほど近くにくる。「わたしのこと、愛してる？」

「ぼくは――」

「あたしよりも？」

　カリーナは消え、数メートル先にナディアが立っている。マリクはがっくりと膝をつく。

「そんなことない！」

「じゃあ、どうしてあの人を殺さないの？　どうしてあたしがイディアに苦しめられているのをほっておくの？」

「それは――」

「あたしのお兄ちゃんでしょ。なのに、あたしが死んじゃってもいいんだ」

するとと幻はまたマリクの姿にもどる。そして、今のマリクの腹に鋭い蹴りを入れる。

「ナディアは死ぬんだ。ぼくにはわかってた。おまえはまったくの役立たずだ。おまえが愛している人たちは、おまえがいないほうが幸せなんだ」

口のなかで血と砂が混ざり、マリクの幻はマリクにこぶしの雨を降らせる。

「聞いてるのか!?」幻は怒鳴る。「ろくでなし！　どうして家族はおまえみたいなやつのことを我慢しなきゃならない？　おまえにその価値があるのか？　カリーナがおまえみたいなやつと付き合いたいと思うと思ってるのか？」

幻の姿がチラチラと揺らめき――現れたのはイディアだった。そして、ドリスが。そして、父《ババ》さんが。そのたびごとに、苦しみはいや増していく。

「ただの、クソ、ケッキーのくせに！」

幻はいったん黙ったが、マリクをつかんだ手は離さなかった。息をするのさえ苦しい。だが、マリクは無理やり幻のほうへ目をむけた。すると、幻は真の姿にもどった。

マリク自身に。

「ぼくはまちがってるって言って」幻の頬を涙が伝い、マリクの胸にしたたり落ちた。

「お願いだから、言ってくれ」

もう迷路とは関係ない。イディアや、これまでマリクを苦しめてきた恐怖とも、関係ない。これは、マリクとマリクが決して逃げることのできない相手とのあいだの問題なのだ。

「……無理だよ」マリクは小声で言った。

「え？」

「無理だって言ったんだ。だけど、ぼくがただのケッキーだとしても、そう、たとえ母《マ》さん《マ》やナディアやほかのみんなが、ぼくがいないほうが幸せだとしても……かまわない」

マリクは幻の手を払いのけ、震える脚で立ち上がる。

「ぼくはこのまま進む」そう口にして、それが真実だと悟る。「どちらのぼくも勝つことはないんだ」

マリクは〈霊剣〉を引っこめ、自分の影に手を差し出す。

「いっしょにこないか？　きっとふたりなら、方法を見つけられる」

幻はマリクの伸ばした手をじっと見つめる。そしてのろのろと、手を伸ばす。ふたりの指先が触れたとたん、オジョーバイ砂漠は崩れ落ちる。

迷路の出口が数百メートル先にぬっと姿を現す。寒々とした沈黙が、歓声に取って代わられる。とても現実とは思えない。だが、現実だ。勝利の最初の道が届くところにある。

マリクは動かなかった。自分の手を見下ろす。今、見たものを手放すことができない。時間さえあれば、自分とともに腰を下ろし、恐怖と欲望がどこで絡まったのかを突き止めたい。そうすれば、それをほどくことができるのに。でも、今、自分にないものは時間だ。

まさにそのとき、角のむこうからトゥーンデが飛び出してくる。友が、ここまでくる道でなにを見たのかは知りようもない。だが、トゥーンデの目に浮かんだ表情を見れば、マリクがむき合うことになったものと同様、心を揺さぶるものであったことはまちがいない。

数秒のあいだ、ふたりの友は見つめ合う。それは、ひどく長く感じる。身をむしばむような不安が襲い、今、トゥーンデとの関係を修復しなければ、二度とその機会は訪れないと直感する。

「どうしてぼくのために嘘《うそ》をついてくれたんだ？　アジュール庭園棟で」マリクはたずねる。

トゥーンデは両手で顔を上から下へなぞる。ふだんの自信たっぷりなようすはない。「ぼくは……あのとき、決めなきゃならなかった。そして、正しいと感じるほうを選んだ。でも今、それでよかったのか、わからなくなってる」

マリクはうなずいた。のどが締めつけられる。正しい答えのない選択の難しさなら、よく知っている。

出口から聞こえる歓声が一段と大きくなる。だが、ふたりとも動こうとしない。最初にズィーラーンにきたときから潜り抜けてきたさまざまな出来事を考えると、ゴールがすぐそこにあることが不思議に思える。

「アディル」トゥーンデがふいに言う。「ぼくが、この闘いにまじめに取り組むつもりはないって言っていたのを覚えている？」

マリクはまたうなずく。「覚えてる」

トゥーンデは両目をかっと開く。そこには、マリクが見たことのない決意の色が浮かんでいる。「どうやらぼくは気が変わったらしい」

マリクは思わずにっこりする。マリクとトゥーンデは出口を見やり、最後にもう一度、見つめ合う。

それから、マリクは自分がなにより得意なことをする。

走る。

ナディアのために走る。ナディアを自由にする最後のチャンスのために、走る。

そして、ムワレ・オマルが殴り殺そうとした召使いの少年のために走る。

レイラと母さん《ママ》と祖母《ナナ》、そして、公正な世界が訪れるのを待っているエシュラの民全員のために走る。

迷路で出会った三人の幻のために走る。かつての自分である少年のために、これからなろうとしている自分のために、走る。

マリクは持てるものすべてを、迷路の最後の数メートルに注ぎこむ。トゥーンデと抜きつ抜かれつしながら走る。これでじゅうぶんかはわからない。これで本当にじゅうぶんなのか。でも、これが彼にできるすべてなのだ。

汗で視界が曇り、両脚が痛みに悲鳴をあげる。そのまま、マリクはゴールへむかって走った。

第10章 カリーナ

こんなはずはない。

ドリスが勝つはずだった。都で評判の賭け屋はみな、ドリス有利と予想していたし、各神殿は何か月もまえに諦め、三回連続〈太陽〉の時代となることを覚悟していた。ドリスが勝つはずだった。そして、カリーナはドリスと結婚し、暴君であるドリスをためらいなく殺し、彼の心臓を使って、ハヤブサを生き返らせるはずだったのだ。

しかし、ドリスは死んだ。アディルの姉が殺したことになっている。だが、それについてはなにもかもが釈然としない。イスハール・アスフォーのことは遠目でしか見たことはないが、あの娘は体の大きさもドリスの半分ほどしかないではないか。だが、彼女はすでに罪を告白しており、トゥーンデが目撃者となっている。

その話が本当だろうと嘘《うそ》だろうと、ドリスが死んだことは変わらない。つまり、残ったのはトゥーンデとアディルだけだ。そのうちどちらかが、よみがえりの儀式のために死なければならない。でも、どちらが？　カリーナが初めて心を許した少年か、気づかないうちに彼女の心に入りこんできた少年か。

最後の試練が長引くなか、カリーナは死に値するのはどちらかという、決められるはずもない問題を考えつづけていた。

すると、アディルが迷路の出口から飛び出してきた。トゥーンデも一秒とたがわず、駆け出してくる。〈生命〉の勇者の顔は汗にまみれ、歯をぐっと食いしばった口元には、試練のまえには見られなかった決意があった、

ふたりの目が合った。たちまち、墓所《ネクロポリス》のときと同じめまいのするような感覚が、胸のなかではじける。ズィーラーンの人々が新しい王を歓迎する声を聞きながら、アディルと並び、この国を治めるさまを想像する。蛇豹《じゃびょう》を倒したときと同じように、敵をねじ伏せていくさまを。アディルが一歩こちらへ進み出て、カリーナは自分が永遠に剣を置くのをはっきりと見る。

だが、それから、ハヤブサの血が大地に浸みこんでいくさまが浮かんだ。強制捜査の恐

怖を、近衛兵《センティネル》たちが悲鳴をあげるエファを引きずっていくさまを。

だめだ。ここまできたのに、今さらよみがえりの儀式をしないなんて考えられない。ズィーラーンを救うために闇の魔法の道へ足を踏み入れると決めたとき、アディルと持てたかもしれない未来は捨てたのだから。

でも、本当にあのやさしい、夜の目をした少年を殺すことなんてできる？　ふたりのうちどちらかを殺すことなんて、できるのだろうか？

大神官たちがアディルを表彰台へ連れてくる。そのうしろから、トゥーンデが苦しげな笑みを浮かべてついてくる。

ためらっている時間はない。熟考する時間もない。トゥーンデかアディルか。カリーナの口が勝手に開き、自分でもどちらの名前を口にするか、わからないまま、声を発した。

「アディル・アスフォー」カリーナは大きな声で言った。アディルがはっと顔をあげる。

カリーナの足元から世界が崩れていく。

「アディル、あなたは失格です」

競技場が静まり返る。全員の目がカリーナに注がれている。でも、カリーナはアディルだけを見つめている。アディルの顔が困惑したようにゆがむ。「わたしは、始まるまえにはっきりと、迷路にはなにも持って入るなと言いました。最初の障害が現れたとき、あなたは隠し持っていたナイフを使って、その場を逃れたでしょう。明らかにルールを無視しています。よって、失格と見なし、あなたの勝利は無効とします」

観客には、勇者たちが見た幻は見えていない。だが、勇者たちがどう反応しているかは、見ることができた。確かに、最初のほうで、アディルは短剣のようなものを使っていた。

カリーナには、アディルがどうやってそんなものを持ちこむことができたのかわからなかったが、彼女の決定を正当化する絶好の理由であることは変わらない。

カリーナはトゥーンデのほうへむき直ったが、彼の目を見ることはできなかった。そして、幼いころから訓練されてきたように、苦悩を笑みで覆い隠した。「従って、最後の試練の勝者、そして、未来の王は、〈水〉の勇者アデトゥーンデイ・ディアキテイとなります！　〈水〉の時代の到来を、祝いましょう！」

トゥーンデを勝者とする宣言に、だれよりも呆然《ぼうぜん》としているのがトゥーンデ本人だった。トゥーンデは、おそるおそる表彰台へのぼりはじめた。今にも、足元から台が消えるんじゃないかと思っているみたいだ。兵士たちがアディルを取り囲んだ。いきなりの展開にアディルがどう出るか警戒したのだろうが、アディルは抵抗もせずにおとなしく従った。カリーナは、すれ違いざまに精いっぱい冷ややかな視線を投げかけた。

「わたし相手に夢想しても無駄だって、警告したわよね」カリーナはささやいた。だが、アディルの目に浮かんだ痛みは、カリーナの心を打ち砕いた。

いくら今、彼を傷つけたとしても、いつかアディル・アスフォーは知るだろう。カリーナが彼の命を救ったことを。


それはすでに世紀のロマンスと呼ばれはじめていた。神々の恩寵《おんちょう》とソルスタシアの魔法によって、王女が初恋の人と結ばれるのだから。試練のあとは一日じゅう、その話題で持ちきりで、祝いと歌とお祭騒ぎのなか、時間は過ぎていった。都の有力者たちはみな、こぞって新しいカップルに祝いの言葉を送りたがった。そんななか、トゥーンデの母親はカリーナの顔を両手で挟みこみ、泣きながらふたりの結婚を祝福し、トゥーンデの弟たちは新しい姉のことを知りたがってあれこれ質問を浴びせかけた。

そのあいだ、だれひとりとして、カリーナが生涯胸に秘めつづけることになる真実を言い当てた者はいなかった。カリーナがトゥーンデを選ぶことで、本当はアディルを選んだということを。

けれども、その日もまた、いつものように夜が訪れ、カリーナはようやくひとりになって、新しいバスルームの天井を見つめた。

火事のせいでまえの寝室は使えなくなったので、ファリードは、ハヤブサが以前使っていた部屋の一画にカリーナが移れるよう、手配した。でも、カリーナは、母が使っていたのとは別の部屋を寝室に選んだ。ハヤブサのものをすべて引き継ぐ決意はまだつかなかったが、寝室もそのうちのひとつだった。

カリーナは膝を抱えるようにして、やけどするほど熱い湯に浸《つ》かっていた。子どものころ、ハナーネといっしょにお風呂に入ると、よくどちらが長く湯のなかに沈んでいられるか競争をした。毎回、カリーナのほうが先に顔をあげ、姉がこのまま顔をあげないんじゃないかという恐怖の時間を味わうことになる。すると、次の瞬間、ハナーネがひょいと顔をあげて、カリーナにバシャバシャと水を跳ねかけるのだ。そんなふうに、どこにでもいる姉妹のように過ごしたものだった。

髪が濡《ぬ》れないように巻いた布がずれていないことを確認すると、カリーナは水中に顔を沈めた。タイルを張った床に手が着くまでもぐってから、また水面に顔を出す。そんなことをしてなにを見つけようとしているのか、自分でもわからない。けれど、カリーナはまたもぐって、顔を出すのをくりかえした。そして三度目にもぐったとき、そのまま水中にとどまった。痛みが肺をレースのように覆っていく。おぼれ死ぬのは、煙に巻かれたり、剣で背を貫かれたりして死ぬのと、同じ感覚なのだろうか。

答えはわからなかった。三度目も、水面に顔を出したからだ。そして、風呂から出ると、召使いを呼んで着替えを手伝わせた。

あと数時間で、朝日が昇り、ソルスタシア最終日がやってくる。ソルスタシアの祭が終わるまえによみがえりの儀式を行うのなら、なによりも恐れている作業をこれ以上引き延ばすことはできない。

カリーナの指示で、トゥーンデは新しい王家の居住スペースに一室を与えられていた。その意図を問う者はいなかった。少なくとも、面とむかってはだれも言わない。どうせありとあらゆる下品な噂《うわさ》が飛び交っているのはわかっていたし、そうしたことが都の団結に一役買っているとも言えるのかもしれない。よくあるように、そうした噂が巡り巡って、カリーナを滅ぼすことになるかもしれない。

でも、そういったことは、母がもどってきてから心配すればいい。

カリーナが召使いの真似をしてドアをノックすると、トゥーンデが返事をした。入ってきたのがカリーナだと知って、トゥーンデが飛びあがったのを見て、カリーナは笑いそうになった。

「きみか」トゥーンデはあえぐように言った。今日はずっと、彼にしてはいつになく言葉数が少なく、カリーナはそれに助けられていた。ふたりの過去のことだけでもつらいのに、そもそも彼に惹《ひ》かれた理由――弟たちとバカ騒ぎをしたり、愛情をこめて両親の話をしたりするところ――を目にすればするほど、決意は揺らぐに決まっていた。

「いっしょにきて」トゥーンデは眉を寄せたが、一瞬のためらいもなく、カリーナのあとについてきた。あのときのアディルと同じように――。

だめ。そのことを考えてはだめだ。絶対考えたりしない。

カリーナはトゥーンデをクサール・アラハリにある王家専用の神殿に連れていった。わずか三日まえに、ハヤブサを安置したのと同じ場所だ。ベールをかぶった〈大いなる女神〉の像がそびえている。その足元で、職務についていた大神官がふたりにむかって頭を下げた。今夜ここにくることはまえもって告げていたので、大神官に驚いたようすはなかった。

カリーナはトゥーンデに手招きして、いっしょに敷物の上にひざまずくようにいざなった。「わかってるでしょうけど、ソルスタシアが終わったらすぐに、正式な結婚式の準備が始まる。だけど、王家では、できるだけ早く結婚の結びつきを確かなものにするのが、決まりなの。結婚式のまえに、最悪な事態が起こったときのために。そうすることで、正式な結婚のまえに万が一わたしになにかあっても、あなたと家族は守られるというわけ」

トゥーンデが疑わしげな表情を浮かべたのも当然だった。ふつう、ズィーラーンの結婚式は少なくとも一週間はつづく。婚約者の家族はみな、出席を求められ、正式な方法なら ば、カリーナはトゥーンデの母親と牛乳を飲み、トゥーンデはカリーナの父親にヤシの葉で包んだ果物を贈る。ほかにも、いろいろな作法があるのだ。本当のことを言えば、カリーナ自身、そうした儀式抜きに結婚したことになるのか、確信は持てていなかった。どれをとっても、ひとつとしてふつうではない。きっと断られると思ったが、トゥーンデはうなずいた。「わかった」

カリーナはこれまでも、自分の結婚式について想像を巡らせたことなどほとんどなかったが、それでよかったのかもしれない。なぜなら、そんな期待は、陰鬱な現実の下に押しつぶされただろうから。大神官が聖なる薬草と薔薇水《ばらすい》を混ぜたものをふたりの額に塗りつけ、互いの額と額を合わせたときも、なにひとつ現実には感じられなかった。自分の心のなかを探ってみる。興奮、悲しみ、恐怖……この瞬間のために、多くのものを犠牲にしてきたのだ。だが、見つかったのは、胸にむなしく響く心臓の鼓動と、くりかえし襲ってくる、しなかったキスの思い出だけ。

「世界は〈大いなる女神〉が考えられたとおりの姿であり、われわれもまた、そうである」カリーナとトゥーンデは唱えた。「この世において、稲妻のまえに雷はなく、信頼のまえに裏切りはなく、夜明けのまえに夕暮れはない。そしてこれからは、あなたのまえにわたしは存在しない」

ズィーラーンで大切なことがたいていそうであるように、結婚も血で封印される。大神官はふたりの腕をわずかに切り、石の上に落ちたふたりの血が混ざりあって、ふたりを結びつけた。

結婚式ではふつう、みなが声をあげて祝う。家族は歓声をあげ、新婚夫婦はダンスを踊る。でも、結婚式のあいだじゅう、ここにいるのが別の人だったらと願う者はそういない。結婚式のあいだ、花婿をどうやって殺そうか、考えている者も。

儀式のあと、カリーナはトゥーンデを寝室へ連れていき、床入りによって結婚を完全なものにした。ふたりのあいだで、うまくいかないことがあれほどあったのに、トゥーンデはとてもやさしかった。まるでカリーナが愛され、大切にされるのにふさわしいとでもいうように。カリーナは泣いてしまいそうだった。すべてがすむと、カリーナは体を起こした。

こうしてあっさりと、すべてが終わった。太古の法の目から見て、ふたりの結婚は正式なものになったのだ。

トゥーンデは王の心臓を持った。

カリーナはトゥーンデが頭を載せている枕を見やった。その下に、カリーナがまえもって隠しておいた短剣がある。これ以上、彼を殺すのにいい機会はないだろう。すぐ手の届くところに、隙だらけで無防備に横たわっているのだから。

「王になったばかりの人間にしては、あまりうれしそうじゃないのね」少しでも緊張を和らげようと、むなしい試みをする。

「自分が勝ち取ってもいない名誉を手に入れても、すなおには喜べないよ」トゥーンデも体を起こし、シーツが彼の膝の上でもつれた。「質問したら、正直に答えてくれる？」

そのはにかんだような口調に、今さらバカみたい、とカリーナは思った。いっしょに寝るのは初めてどころか、初めてからほど遠いのに。

「質問によるわ」トゥーンデを殺したら、彼の血を自分に擦りつけ、自分にも浅い傷をつけなければならない。彼が先に襲ってきたから、身を護《まも》るために戦うしかなかったという作り話の裏付けがいるからだ。計画の順番を頭のなかでくりかえす。

トゥーンデを殺す。トゥーンデに罪を擦りつける。母を生き返らす。トゥーンデを殺す。トゥーンデに罪を擦りつける。母を生き返らす。

「どうしてアディルじゃなくて、ぼくがここにいるんだ?」

カリーナの息が止まった。沈黙のまま数秒が過ぎ、カリーナは思わず目をそらした。

「ごめんなさい。わたし……ごめんなさい」

トゥーンデがカリーナの片手を両手で包みこんだ。それで初めて、カリーナは自分が震えていることに気づいた。トゥーンデはカリーナの手を親指でやさしくなでた。「今すぐ、ぼくに話せないことがなんであろうと、かまわない。ぼくは受け入れる」

トゥーンデは目を閉じた。カリーナは空いているほうの手をわずかに短剣のほうへ伸ばす。

母のため。これはすべて、ズィーラーンのためであり、母のためなのだ。

「ぼくたちの関係が終わってからずっと、関係を修復するチャンスが訪れるよう、祈ってた。ぼくは深く傷ついていて、自分がやったことをちゃんと正面から見られなかった。きみに、ぼくを避けなきゃって思わせてしまったことを。だけど、こうしてまたきみといっしょにいられることになって……もう一度チャンスをもらえるようなことをぼくがしたのか、わからないけど、今度こそ、それを無駄にはしない。一生かかっても、きみに証明してみせる。ぼくにはなにも隠さなくていいって。ぼくは、たとえどんなことでもきみのすべてを受け入れるって」

トゥーンデはカリーナの手のひらに唇を押しつけた。そのささやかな行為に、トゥーンデの言葉に織り交ぜられた愛を感じる。悲しみのあまりさけび出しそうだった。短剣はすぐそこにある。よみがえりの儀式に必要な最後のひとつが、すぐそこにあるのだ。

トゥーンデが目を開いた。「どうした?」

その夜初めて、カリーナは夫の目をまともに見つめた。

そして気づいた。真っ暗な夜のあと、最初に差しこむ陽光のようにはっきりとわかったのだ。わたしは彼を殺さない。

母にもどってきてほしい。こんなにも、なにかを強く求めることができるなんて、思ったことすらなかったほどに。でも、そのためにトゥーンデを犠牲にすることはできない。

たとえ儀式が成功したとしても、また別の命が、定められたときよりまえに奪われることになるのだから。

死は、死に対する答えにはならない。

これまでもそうだったし、これからもそうなのだ。

カリーナは、声を出すことすらできず、ただただ震えていた。トゥーンデは彼女の腰に腕を回し、ぐっと引き寄せた。心臓と心臓が重なり合う。

「大丈夫だよ」トゥーンデはカリーナの額に額を合わせた。「大丈夫だから」

トゥーンデのキスは、彼自身と同じように真実だった。彼の確かな温かさのなかに身を預けると、すべてがうまくいかなくなるまえ、なぜ彼に惹《ひ》かれたかを思い出した。いつも冗談を言って、ふざけた態度を取っているけれど、トゥーンデにはあけっぴろげなところがあって、それがカリーナにはまぶしかった。そして、彼が思っているカリーナの姿に、実際の自分も近づけたらと思わされた。

トゥーンデが再びカリーナをベッドに横たえたとき、カリーナは彼に恋する自分の姿が見えるような気がした。今から一年後ではないかもしれない。五年後ですらないかもしれない。それに、そう、アディルに対して抱いたかもしれない——抱いたはずの気持ちとはちがうかもしれない。

でも、信頼と尊敬から生まれる揺るぎない愛が——ふたりのあいだにそんな愛が生まれるのが見えたのだ。そして、カリーナの銀の髪と、トゥーンデの歯の隙間をのぞかせる笑みを持つ子どもたちの姿が。

それは、カリーナが望める以上のものだった。カリーナが受けるに値する以上のものだった。

カリーナは夫の頰に手を当て、引き寄せてキスをした。

「ありがとう」カリーナはささやいた。本当の気持ちだった。


数時間後、〈夜に出歩く者たち〉すら眠りについたあと、カリーナはトゥーンデの腕のなかから抜け出して、飾りのないローブに着替えた。トゥーンデは寝返りを打ったが、目は覚まさなかった。足音を忍ばせて寝室を出ると、カリーナは母の庭へいった。

女王《スルタナ》の聖所のある噴水の縁に腰かけた。ひんやりとした夜気もほとんど気にならない。すべやかな大理石に手をすべらせ、この下の隠された入り口にアディルといっしょに転がり落ちたことを思い出す。今もまだ、川からあがったあと、彼女を抱いていた彼の腕の感触が残っている。同じように抱かれても、トゥーンデのそれとは別の世界のもののようにかけ離れていた。

これ以上、アディルのことを考えられなくなって、カリーナは庭を見回した。よみがえりの儀式をしないと決めた今、これからどうなるのか、わからない。わかるのは、母と同じ専門的な知識を持ってこの庭の手入れをしてくれる人物を探さなければいけないということくらい。昔から、母は植物を育てることに関して、特別な才能を持っていた。足元の枯れた花をじっと眺めていると、昔この庭で過ごした午後の記憶がよみがえってきた。

あの悲劇のために母がまるで見知らぬ他人のようになってしまうより、ずっとまえのことだ。カリーナは母と並んでひざまずき、温かい土に腕を肘まで埋めていた。すると、母が、そばに生えていた木から一本の蔓《つる》を取った。

「アラハリの一員になるということは、滅亡した王朝や倒された王たちの系譜に名を連ねるということなの。ふつうの人にはできないことができるようになるということよ」母がそう言うと、その手に持った蔓が次々とつぼみをつけた。カリーナは目を見開いて、それを見つめた。「いつか、あなたもふつうの人にはできないことができるようになる」

暗殺者に襲われたとき、母は手首をひとひねりするだけで、土に命令を下した。祖母なるバイーアは魔法の〈防壁〉を造り、そのおかげで千年経《た》った今も民は守られている。だが、カリーナにはそうした特別な力はない。少なくとも、祖母や母のようなことは——。

一年でもっとも穏やかな、のどかな季節のさなかに襲ってきた嵐。宮殿のカリーナたちが暮らしていた一画に落ちた、たった一度の雷。あっという間に広がった炎。父《ババ》とハナーネは逃れることはできなかった。

ほんの一瞬、あの夜の記憶が鮮明によみがえるが、あっという間に、焼けつくような片頭痛の痛みに覆い隠される。なんとかつかみ取ろうとするが、記憶は支離滅裂で、どうやればそのもつれがほどけるか、わからない。

頰を一粒の涙が流れ落ちた。そして、また一粒。次の瞬間、カリーナは全身を震わせ泣き崩れていた。自分の知っていた母や、ズィーラーンが失った女王《スルタナ》のために泣いているのではない。隅々までやさしいこの庭に囚《とら》われていた女性、ほかの人々と同じように希望と絶望と傷心のなかを生き抜いてきた女性のために、泣いていた。手に入れられなかった母と娘の関係のために、もはやふたりで共有することができなくなってしまったもののために、この美しい都という檻《おり》に閉じこめられて生きてきた何世代にもわたる一族のために。

泣いて泣いて泣いて、最後にはなぜ泣きはじめたのかも思い出せなくなるほど、泣いた。

夜明けの最初の光が空に広がり、頭上にバイーア彗星《すいせい》が輝いているのを見たとき、カリーナは自分が正しい選択をしたのだと確信した。

母はもうもどってこない。

父《パパ》ももどってこない。

ハナーネももどってこない。

けれども、三人の愛と希望と夢は彼女の内にある。カリーナは三人の虚像でもないし、代わりでもない。かつての母であり父であり姉であり、四人がいっしょになったまったく新しい存在となるのだ。カリーナひとりではなれなかった人間に。

三人を称《たた》えるいちばんの方法は、全員いっしょに、あの光り輝く朝日のむこうにあるものへむかっていくことなのだ。そうすればきっと、この苦しみのむこうにある答えにたどり着ける。

カリーナは立ち上がった。温かい陽光を顔に浴び、小鳥たちのさえずりを聞きながら、ソルスタシアの最終日を迎えるため、庭園をあとにした。

第11章 マリク

夢から覚めた瞬間と似て、ソルスタシアの最終日は、だれひとり準備ができないうちにやってきた。祭は公式には今夜の閉会の議までつづくが、試練がすべて終了した時点で、ズィーラーンには終わりのムードが漂う。経験豊富な旅人たちはすでに次の目的地を探して地平線を見つめ、街の飾りは片付けられて、人々はこれからくる嵐の季節に備えることになる。

マリクはアジュール庭園棟の屋根から、ズィーラーンが目覚めていくさまをある種の淡々とした態度で眺めていた。邸宅《リアド》の者たちはみな、マリクと距離をあけていた。王になるはずだった少年にどう言葉をかければいいか、わからなかったからだ。〈生命〉の大神官は一度だけ話しかけてきて、翌日、レイラの裁判が行われることを告げた。言葉に出さなくても、ふたりともわかっていた。勇者を殺した罰は、正当防衛だろうとそうでなかろうと、死刑だ。レイラがマリクの姉だったから、その場で殺されるのを免れただけなのだ。鐘の音が都じゅうに鳴り響く。〈太陽〉の時代の最後となる朝に、祈りを捧《ささ》げるよう呼びかける鐘だ。あと数分で、マリクは宮廷の人々と共に、この五十年間、彼らを見守っていた女神ギヤタに感謝の祈りを捧げることになっている。そして明日、〈水〉の時代が始まる。

つまり、あと数分で、マリクはカリーナの前に立たなければならない。未来への希望をすべて打ち砕かれたことなど、なかったように。

最後の試練のあと、カリーナが自分を見た冷ややかなまなざしを、一生忘れることはないだろう。どうでもいい人間を見るような目を。彼女の命を奪うのを何度も思いとどまり、そのせいでレイラとナディアを失ったというのに、カリーナにとっては最初からマリクなどどうでもいい存在だったのだ。

最悪なのは、だれのせいにもできないことだ。悪いのは自分だ。レイラもトゥーンデもカリーナ自身さえ、ソルスタシアの興奮に流されないようにと忠告していた。流れ星に願いをかける子どもみたいに、自分のような人間でも、この富と魔法の世界に居場所があるかもしれないなどと夢想してしまったのだ。

しかし、底辺に属することを決められてしまった人間に、そんな居場所が与えられることなど決してない。それは奪われてしまった。そして今、姉と妹が彼の失敗の報いを受けることになったのだ。

いつもなら、動揺すると、体の内側で魔法の力が閃《ひらめ》き、暴れだすのを抑えなければならない。でも、今は不安になるほど、なにも起こらない。弓の弦が伸びきって、切れる寸前みたいな感じだ。

テラスの手すりを握った手に力が入る。ドリスが落ちたあの手すりと同じように、細く、古びている。マリクは空いているほうの手に〈霊剣〉を呼び出した。おそろしく鋭い刃に指を滑らせる。指先から細く血があふれ出す。

ソルスタシアはまだ終わっていない。祭が終わるまえにカリーナとふたりきりになるチャンスがないというなら、作るまでだ。

ぼくはユールラジー・テルラーなのだ。アラハリを倒すことは、彼の血の宿命なのだ。

「兄弟姉妹よ、神々への敬意を示し、頭《こうべ》を垂れましょう」

いっせいに数千という人々がひざまずき、マリクもいっしょになって床に膝をついた。

マリクは、朝の祈りのために宮廷の人々と〈太陽〉の神殿にいた。日常の祈りは陰鬱な儀式となった。百年のあいだ、二回のソルスタシアを経《へ》て、〈太陽〉の時代はついに終焉《しゅうえん》を迎える。ドリスが立っていたはずの場所を見ないようにするのは難しかった。〈太陽〉の神殿は、できるかぎり多くの自然光を取り入れるように建てられており、なかにいる人々が金色の輝きを浴びているさまは、重苦しい雰囲気にはそぐわないように思えた。

たしかに、本来なら今日は〈生命〉の日だ。マリクの守護神の日。だが、ここはドリスの神殿だ。レイラを護《まも》るために魔法を使ったことは後悔していなかったが、ドリスの魂が〈大いなる女神〉のもとで平安を与えられるよう、マリクは祈った。ほかに彼のために祈るべきことがあるかわからなかったけれど、それだけは祈ることができる。

いつものように、カリーナは神殿の前の席から、〈太陽〉の大神官と共に祈りのようすを見守っていた。今もまだ、白い服に身を包んでいるが、今日はどことなく雰囲気がちがう。昨日より服が体に合っているように見える。習わし上、トゥーンデもほかの勇者たちと並んで立っているが、その視線は前へ進み出る婚約者に注がれていた。

少なくともトゥーンデには、神殿に入ってくるとき、マリクと目を合わせないだけの気遣いはあった。だが、カリーナは気にしているようすすらなく、そのためにマリクはますます彼女を憎んだ。

カリーナの一挙手一投足を目で追いながら、彼女のことを憎んでいると自分に言い聞かせるのは難しくなかった。カリーナが人々のあいだを優雅に抜けていくさまが、かがんだり縮こまったりする必要もなく進むさまが、憎かった。話すたびにふっくらした唇の両端がほんの少し上をむくのが、みなが決して知ることのないことを知っていると仄《ほの》めかしているようなのが、憎くてたまらなかった。

「ソルスタシア、アーフィーシヤ」カリーナが唱えた。その声は、輝く鐘のようにはっきりと響いた。「わたしたちは今日、ここに、去り行く〈太陽〉の時代への感謝を表わすために集まっています。五十年のあいだ、太陽から生まれし女神ギヤタは、その輝かしい光を持ってわたしたちを見守ってくださいました。そして、ズィーラーンが……ズィーラーンが……」

カリーナはため息をついた。「本当は、わたしはこの都と民の立ち直る力について話そうと思っていました。けれども、そのまえに、ひとつ言わなければならないことがあります」

永遠にも思える一瞬ののち、カリーナは背をすっと伸ばし、頭を高く掲げた。

「わたしの母、サラヘル・アラハリが亡くなりました」

神殿じゅうの人々がハッと息を呑《の》んだ。マリクの頭にはすぐさま、イディアのことが浮かんだ。これには〈顔なき王〉がなにか関わっているのだろうか？　自分の血を受け継いだ子孫の死をもくろむなんて、どこまで邪悪なのだろう。

そんな怪物に手を貸そうとしている自分は、どこまで邪悪なんだ？

「われわれにとってのサラヘル・アラハリは、すぐれた戦略家であり、情け深い指導者であり、あらゆる場面においてなんとしてでも正義を守り抜く者でした。でも、わたしにとっては……」カリーナは胸に手を当てた。「わたしにとっては、母だった。なのに、手遅れになるまで本当には知ることができなかった」

ワカマの試合の日、カリーナの見せるさまざまな顔のどれが本当のカリーナなのだろうと思ったのを覚えている。でも、そのすべてが、今、みなの前で魂をさらけだしている少女の顔のほんの一面に過ぎなかったのだ。

名実ともに真の女王《スルタナ》。

「式辞の代わりに、母の思い出に一分間の黙とうを捧《ささ》げたいと思います」

マリクはどう計画を実行に移そうか考えていたけれど、いったんやめて、みなといっしょに頭《こうべ》を垂れた。カリーナを待ち伏せするチャンスは今日しかない。それをものにしなければならない。

運よく、長く待つ必要はなかった。完璧なチャンスは、カリーナのいつもの片頭痛という形でやってきた。

朝の祈りが終わると、評議会の面々は〈太陽〉の時代を振り返るために天窓のある広場へ移動した。そのとき、カリーナが顔をしかめ、手をこめかみにあてたのが見えた。トゥーンデがすぐさま駆け寄った。

「どうした？」トゥーンデがたずねた。その声を聞けば、マリクの友だちがどれだけ彼女を愛しているかはっきりわかった。

カリーナは大丈夫というように手を振った。「いつもの片頭痛よ」

それを聞いて、マリクは会話の輪から抜け出し、反対の方向へむかった。柱の陰に隠れ、魔法で姿を消す。動悸《どうき》が速まる。カリーナを見やると、苦しそうな笑みを浮かべている。

よし、痛みに気を取られているにちがいない。

「ズィーラーンの姉姫は美しかったという。編んだ銀色の髪が腰の下まで伸びていたと」

マリクは声を潜めて物語る。ここがいちばん難しいところだ。これまで、見たことのない人物の幻を創ったことはない。少し成長したカリーナを思い浮かべる。カリーナが少女らしくふっくらやわらかいのと同じように、ほっそりと痩せて輪郭のくっきりした娘を。

おまえの声は、一組の耳にしか聞こえない。おまえの動きは一組の目にしか見えない。

カリーナが会話の途中で凍りついた。その目は、中庭の反対側にむけられている。彼女にしか見えない銀色の髪がさっとなびいたのが、視界に映ったのだ。

「どうした？」トゥーンデはまたたずねた。さっきよりも、心配そうだ。

「なんでもない。わたし……すぐもどるから」

マリクの勘は当たった。すでに痛みに気を取られているカリーナは、姉の姿を垣間見《かいまみ》て冷静さを失っていた。

カリーナは足早に中庭を出ていく。そのあとを、マリクは足音を忍ばせ追いかけた。カリーナには幻の背中しか見えないように気をつける。顔を見れば、本物でないとわかってしまうからだ。カリーナの動きは素早かったけれど、それ以上に速く動く。ハナーネ王女の幻を、カリーナが追いつくには遠すぎ、かといって、追いかけたくなるだけの距離は保って進めるようにする。

「わたし、どうかしてる」カリーナがぼそりとつぶやき、引き返そうとする。しかし、マリクはすかさず幻を見せつけるようにして、階段のほうへむかわせた。それを見て、カリーナはまたあとを追いかける。

カリーナを誘い出すのは屋根の上がいちばん安全だろうと決めていた。そこなら、たとえカリーナが助けを呼んでも、人がくるまで時間がかかる。カリーナが階段をのぼりきった瞬間、マリクは幻を消した。カリーナは屋根の上に出たが、人影はなく、ズィーラーンの都が朝の光を受けてぼーっと浮かび上がっているだけだった。戸惑ったようにきょろきょろしているカリーナを見ながら、マリクは十まで数え、姿を見えるようにすると、階段の薄暗がりから屋根の上へあがった。

「どうかなさったんですか、殿下？」マリクが声をかけると、カリーナは驚いて飛びあがった。マリクは意思の力を総動員して、〈霊剣〉を呼び出したい気持ちを抑えた。

「いいえ、ただ、見たような気がして……ううん、いいの。なにも見てない」

沈黙がじわじわと伸びていく。マリクの心臓の鼓動だけが時を刻む。言いたいことは山ほどあった。でも、今ではカリーナのことをよく知っていたから、追いかければ、逃げられるだけだとわかっていた。あのなぞなぞの月のように、カリーナを捕まえたければ、待つしかないのだ。

「どうしてここにいるの、アディル？」カリーナの声はひどく小さかった。マリクはフンと笑いそうになるのをこらえた。まえのように浅はかなままだったら、カリーナが本気で心配していると信じてしまっただろう。

「さようならを言いにきたんです」〈しるし〉が腕のあたりでヒクヒクしている。真の目的を果たしたくてしかたないのだ。

「必要ないわ。これからだって、宮廷で顔を合わせることになるでしょうから」カリーナは言ったが、マリクは首を横に振った。

「ソルスタシアのあとは、ズィーラーンに留まるつもりはありません、殿下」

これまで嘘《うそ》をつこうとしても、なぜみじめな失敗を期してきたか、マリクはようやく理解した。罪悪感に囚《とら》われて、どうすればうまく嘘をつけるかということをまるで理解していなかったのだ。すぐれた嘘は、すぐれた物語と同じなのだ。真実を核にして、その周りに形作っていけばいい。

カリーナはハッと息を呑《の》んだ。「タラフリィに帰ってしまうの？」

「おそらくは。ここにはもういられない。あの最後の試練のあとでは」

不当に敗北させられたことをにおわせると、カリーナは恥じたように見えた。カリーナは一歩マリクのほうへ近づいたが、マリクは動かなかった。誘われるがままにカリーナのほうへいって、彼女を喜ばせるつもりはない。

「ここに残って、きみとトゥーンデがいっしょになるのを見ることはできない。無理なんだ」

カリーナがまた一歩、近づく。バイーア彗星《すいせい》がちょうど彼女の頭のうしろで、後光のように輝いている。カリーナの褐色の肌が描く曲線が浮き上がる。〈しるし〉はぐるぐると回りながら、マリクの固く握った手のなかにするりと入ってきた。必死で無表情を装う。

「ほかの人に勝たせなければならない理由があったの。でも、そうでない選択ができたなら……そうしたら、わたしはあなたを選んでいた」

そんなことを言わないでくれ。裏切り者の心臓め、喜ぶんじゃない！　今では、ふたりのあいだは数十センチしか離れていない。墓所《ネクロポリス》のときよりも、もっと近い。でも、今のマリクに見えるのは、彼が助けにくるのを待っているナディアの姿だ。

「じゃあ、今こそぼくにキスしてほしい」

小さく息を吐き、カリーナは唇を重ねた。

これまでカリーナとのキスを想像しないようにしてきた。それでよかったのだ、なぜなら、どんな想像も、真実に近づくことすらできなかったから。カリーナはまるでそうするために生まれてきたように、マリクにキスをした。感覚があるのは、カリーナの体と溶け合っているところだけ。カリーナの頭に触れてはならないのはわかっていたから、彼女の腰に手を添え、精いっぱい引き寄せる。屋根の上に出たときは風はまったく吹いていなかったのに、ふいに強い風が吹いてきて、ふたりはますますもつれ合う。

この至福の瞬間、マリクはただキスを楽しむことを自分に許した。初めてのキスだったけれど、すでにもっとほしくてたまらない。ふたりのあいだにあるこの気持ちは、初めて出会った日から膨らみつづけていたことも、これ以上先へ進むことは決してないということも、わかっているのに、それでも求めずにはいられない。

これを求めていた。これを切望していた。きっとぼくは永遠に自分を許せない。ナディアの自由の前に立ちふさがる彼女を求めてしまう自分を。

ついにふたりは体を離した。カリーナがマリクを見上げる目は、欲望で黒く光っている。マリクの頭のなかは、さまざまな考えがごちゃ混ぜになって渦を巻いていたが、そのなかでただひとつはっきりしていたのは、燃えるような怒りだった。イディアにナディアを奪われてからずっと感じつづけてきた怒り。何百年ものあいだ、人々にさげすまれ、非道な扱いを受けてきたことへの怒り。父親や先祖たちがひとつの明確な目的に昇華させてきた怒り。

「アディル――」カリーナが言いかけた。

「ぼくの名前はアディルじゃない」

カリーナは眉を寄せ、唇から質問がこぼれかけた。その唇を見て、すでにもう一度キスしたいと思う。けれど、カリーナが質問を言葉にするまえに、マリクは〈霊剣〉を呼び出し、彼女の心臓に突き立てた。

第12章 カリーナ

カリーナは自分の胸に刺さった短剣を見つめた。自分の体から突き出ているとは思えない。アディルも同じようにじっと見つめている。あの黒よりも黒い目を、カリーナに負けず劣らず見開いて。あの目を信用してはいけなかったのに。

「本当にごめん」アディルはささやいた。

頭の痛みが、胸の痛みを打ち消す。ちがう、胸の痛みは感じない。自分は死にかけている。アディルはカリーナにキスをし、それから、短剣で刺したのだ。そして今、カリーナは死にかけている。

ワカマの試合のときと同じように、まわりにあるものすべてが、輝くンクラの網のなかでくっきりと見えた。何千という糸が空に浮かんでいる。いちばん明るいのは、バイーア彗星《すいせい》の尾だ。それをつかんだとたん、世界は足元から離れていった。糸はカリーナをぐんぐん持ちあげ、ついにカリーナは天国から下の世界を見下ろしていた。見るもの知っているものすべてが明るい。そしてその真んなかに、小さな子どもがいた。

母と姉以外にアラハリの血を引く者は知らない。だが、あの銀色の髪は見まちがえようがない。この子はアラハリだ。カリーナと血がつながっているのだ。彗星のなかに囚《とら》われている。カリーナがズィーラーンに囚われているように。

次の瞬間、「お母《マ》さま《マ》？」その子が言った。

カリーナは空から転げ落ちた。子どもがその手をつかむ。純粋なエネルギーが体を駆け巡り、魂と隅々まで溶け合う。ほかにつかまるものがないので、カリーナは自分のなかで荒れ狂っている力をつかむと、思い切り外へむかって押し出す。ズィーラーンで彼女に匹敵する強さを持つ、唯一の力へむかって。

何千メートルもの上空で、〈防壁〉が爆発し、バイーア彗星が消えた。

カリーナのなかで呪文が砕けちる。息ができなくなり、同時にどうしようもなく心が浮き立つ。カリーナを物理的にズィーラーンに縛りつけていた鎖がばらばらになり、太古の魔法のかけらは炎をあげながら、青く光る空から数千の流星のように顔に降りそそぐ。カリーナは重さを失い、風ひとつで、どこへ運ばれようがなにが起ころうがおかしくない状態になる。

体のなかで脈打つ〈防壁〉のエネルギーにうながされるように、カリーナは短剣の柄をつかみ、胸から引き抜いた。

アディルは目を見開き、一歩うしろに下がった。「うそだ」

神殿の屋根の亀裂から影がじわじわとしみだしてきて、ふたりを取り巻いた。もうもうと立ちこめた瘴気《しょうき》のなかから、ふたつの蛇の目がギラリと光る。

「信じられん、本当にやるとはな」

瘴気のなかから、象牙より白い髪を持ち、とうに過ぎ去った太古の時代のローブをまとった男が現れた。墓所《ネクロポリス》の壁画で見たのと同じ男だ。名前と記憶を歴史から剝ぎ取られた男。

カリーナの前に、〈顔なき王〉が立っていた。

カリーナの顔を探るように見た先祖の目がふっと和らいだ。「彼女にそっくりだな」

どうしてこんなことが？　太古の王が生き返った？　だれかがよみがえりの儀式をしたの？　それとも、これもまた、アディルの作り出した幻？　わたしが彼のことを好きになってしまったときのように？

王の声は、同時に四方から聞こえるように感じた。「孫娘よ、おまえとは話さねばならぬことがたくさんある。だが、あいにく、わたしはもういかねばならん。だが、そのまえにわれらの友マリクに感謝すべきだろう」〈顔なき王〉はアディルのほうを振り返った。「〈防壁〉を破壊し、孫娘に会えるようにしてくれたのだからな」

カリーナは眉を寄せた。「マリクってだれ？」

「ああ、確かにマリクというのは何者だろうな」

影がまた〈顔なき王〉に巻きつくようにもどってきて、渦巻く風が屋根に吹きつけた。嵐に負けまいと、アディルはさけんだ。「イディア！　ぼくは約束を守った！　あの子を返してくれ！」

「約束を守った？　娘が死んでいるように見えるか？」〈顔なき王〉の体は今や、影と風になっていたが、声だけはあたりにとどろいた。「わたしの力では、アラハリの血が流れる者を傷つけることはできぬ。蛇が己の毒に免疫を持っているのと同じだ。わたしは、血縁の者に対しては無力なのだ」

「ぼくをだましたんだな！」

網状の影はみるみる崩れ、〈顔なき王〉の声は遠のいていった。「わたしと息子を自由にしてくれたことには、礼を言うよ。また近いうちに会おう」

カリーナには、約束のこともイディアという名もわからなかったが、アディル（マリク？）が危険な存在だということだけはわかった。影が消えると、カリーナはアディルに体当たりし、彼の短剣をそののどに押し当てた。黒い金属が皮膚に触れたところから血があふれ、さらに刃を深く食いこませようとしたとき、アディルがさっと手をひねった。すると、短剣は消えた。しかし、カリーナは動じずにアディルののどをつかみ、頭を屋根に叩《たた》きつけた。

「あの怪物はなに？」カリーナはわめいた。「あなたはだれ？　どういうことなの？」

「マリクだ」彼は息を詰まらせながら答えた。やわらかい首の皮膚にみるみる紫のあざが広がっていく。「ぼくの名前はマリクだ」

すべてが——彼の話も、墓所《ネクロポリス》でのことも、名前さえ、嘘《うそ》だった。彼と共に戦い、キスをし、ほかのだれにも見せたことのない自分の姿をさらけ出したというのに。それどころか、もしかしたら彼と——ふたりで——。

カリーナは手に力を入れた。マリクの目の光がぼやけていく。しかし、とどめを刺すまえに、だれかに引き離された。マリクが立ち上がり、あえぐ。が、すぐにカリーナのうしろからもうひとり兵士が走ってきて、マリクを叩《たた》き伏せた。カリーナがうしろを見やると、ファリードが走ってくるところだった。

「離して！　彼はわたしを殺そうとしたのよ！」カリーナはさけんだ。

ファリードがうなずくと、兵士はマリクを無理やり立たせた。「もうひとりといっしょに閉じこめておけ」

マリクは抵抗するようすも見せず、鎖で縛られた。マリクはカリーナを見た。その黒い目は深い後悔で曇っていたが、兵士が剣の柄でガツンとマリクの頭を殴りつけた。兵士たちはそのままマリクを引きずって去っていった。ファリードがカリーナの腕に手を置いた。

「大丈夫だ。もう危険はない」ファリードの髪が汗で頭皮に張りついている。目には血走った表情が浮かんでいた。「これで、ぜんぶうまくいく」

頭のなかを無数の質問が駆け巡る。考えれば考えるほど、ますますわからなくなる。イディアの姿は見えない。バラバラになった空も消えている。〈顔なき王〉がもどってきたのだと訴えたいけれど、そうでなくてもすでに、みなが頭がおかしくなった者を見るようにカリーナを見ている。

ほかにどうしようもなく、カリーナはおとなしくローブについたマリクの血をぬぐい、兵士たちに導かれるままに歩きだした。

カリーナたちは目立たない馬車で隠れるようにしてクサール・アラハリへもどった。安全な宮殿の塀のなかに入るまで、ファリードは一切の質問に答えようとしなかった。

「どこへ連れていくつもり？」近衛兵《センティネル》たちが、意識を失ったアディルの——マリクの体を引きずっていくのを見て、カリーナはたずねた。

「彼が強い魔力を持っているのはまちがいない」ファリードは言い、ぶ厚いカーテンに仕切られた宮殿の地下にある安全な部屋へ降りていった。「彼の力を確認せずに殺そうとすれば、なにが起こるかわからないんだ」

カリーナは息を呑《の》んだ。「魔法のことを知ってるの？」

ファリードはうなずいた。「これまできみに話せなかったことはたくさんある」

母が〈防壁〉の秘密について話したのは、カリーナだけだ。そして、エファはズィーラーンにはほかにズーウェンジーの存在は感じられないと言った。なのになぜ、ファリードが知っているのだろう。

ファリードはいつものように落ち着き払っていたが、だからといって、カリーナは腹の底で不安が渦巻くのを止めることはできなかった。窓の格子のあいだから見える空は、普段と同じ色をしている。けれど、〈防壁〉が破壊されたときのことは鮮やかに思い出せる。あれが、幻だったはずはない。

「ファリード、都の人たちを避難させなきゃ」武勇を誇るズィーラーン軍でも、〈顔なき王〉の魔法の攻撃を防ぐことはできない。民のためにできることは、できるだけ都から遠くに逃がすことだけだ。

ファリードは疑わしげな目でカリーナを見た。「都には何十万もの人がいるんだぞ。避難させるってどこへ？　砂漠へ追い出すのか？」

「わからない。でも……ここはだめよ！　さっき空が青くなったのは見なかったの？」

「空はいつだって青いじゃないか？」

「そういう意味じゃない――ああもう！」

カリーナは爪を嚙《か》みながら部屋を歩き回った。アディルだと思っていた少年のことが浮かぶ。まだ唇に彼のキスの味が残っている。彼の腕に抱きしめられたときの、ほっとする感触も。欲望と怒りが、体のなかで激しくせめぎ合い、目の前が真っ赤に染まる。

しかし、マリクに対する怒りより、〈顔なき王〉がズィーラーンに放たれたという事実のほうがはるかに重要だ。

自分のせいで。

「今すぐ、民を避難させるのよ」

「無理だよ、カリーナ。胸についているのは血か?」

騒ぎのなかで、短剣の傷のことなどすっかり忘れていた。血はついていたが、痛みはまったくなかった。

「大丈夫よ! なにか武器みたいなもので刺されただけ!」

「刺された!?」

「大丈夫だから! 〈顔なき王〉からズィーラーンを守る魔法の〈防壁〉があったの。それが、壊されたのよ。王が襲ってくるまえに、みんなを逃がさないと」

長い沈黙がつづいた。ファリードはため息をついて、髪をかきあげた。「わたしのせいだ。彼らがきみを突き上げるのを止められなかったせいで、きみは重圧でおかしくなってしまった」

「この目で見たのよ!」

「きみが見たと思っていることは疑っちゃいない」ファァリードは、小さな子どもをあやすように辛抱強く言った。「だが、空がバラバラになって、〈顔なき王〉が現れたなら、民は大混乱状態になるはずだろう？」

たった一分まえまでしっかりしていた記憶が揺らぐ。なにもかも、まったく普段のままだ。そして、カリーナには、イディアが自分の正体として明かした〈顔なき王〉だと証明するすべがない。影はどこかの炉からあがった煙だったかもしれないのだ。バイーア彗星《すいせい》のなかにいたのも、ただの想像かもしれない。

「ファリードの言うとおりね」カリーナは小声で言った。

ファリードはカリーナの肩をやさしくぎゅっとつかんだ。カリーナの体が温かくなる。

「きみは、大きな心の傷を負った。そして、休む間もなく働いていた。なのに、ろくに眠る間もなく、全力で職務を果たすことを求められていたんだ。わかるよ」

これまでいつだって、ファリードはカリーナを正しい方向へ導いてくれた。今は、彼の言うことに耳を傾けるべきときなのかもしれない。

「ファリードの言うとおりね」カリーナはもう一度言うと、頭のなかでおかしいとさけぶ声を黙らせた。「大げさなことを言ってごめんなさい」

「わたしに謝る必要はないよ、カリーナ。きみがちゃんと謝らなきゃならない人はほかにいる」

ファリードがドアを開けると、トゥーンデが飛び出してきて、カリーナを抱きしめた。

「カリーナ!」

それから、トゥーンデは体を離し、怯《おび》えたような目でカリーナを見つめた。ファリードは、兵士たちに最新の情報をたずねてくる、着替えを持ってくるから、というようなことを言って、そっと部屋を出ていった。部屋自体は狭く、窓もなかったが、王族の者たちが数週間、暮らせるだけの食料は用意してあった。危険がないなら、なぜ隠し部屋にいなければならないのかわからなかったが、ファリードがやることには必ず理由があった。

「アディルはどこにいるんだ?」トゥーンデはソファーベッドのほうへむかいながらたずねた。
マ、マ、マリクだけど、と言いそうになる。カリーナは正直に答えた。「わからない」
「彼とふたりで屋根にいるところを見つけたって聞いたけど。どうしてふたりでいたんだ?」

その声を聞けば、傷ついているのは明らかだった。答えようにも答えられなかったので、ふたりとも黙りこくった。トゥーンデはすっと体を離したが、その顔には殴られたような表情が浮かんでいた。ファリードが着替えを持ってきたときも、ふたりはまだそのまますわっていた。ファリードが着替えを置いて出ていこうとすると、ようやくカリーナは口を開いた。

「ファリード、待って。わたしが幻を見たわけじゃなかったら？」

ファリードは片手をドアの枠にかけたまま、足を止めた。「大丈夫だ」

「わかってる。でも、やっぱり避難したほうがいいと思うの」

「きみは疲れてるんだ。だから、まともに考えられないんだよ」

「だけど、もしわたしが見たものが本物だったら？　もし――」

「カリーナ、やめろ！」

カリーナはビクッとした。ファリードはこれまで一度も、カリーナにむかってどなったことはなかった。今日、あったどんなことより、そのことにカリーナは動揺した。ファリードは深く息を吸いこんでから、顔を両手で覆った。トゥーンデはそわそわとしたようすでふたりを見比べた。

「すまない。ただ――ここのところいろいろなことがありすぎて。きみの母上のことと、評議会と、墓所《ネクロポリス》と。今日を乗り切りたいだけなんだ。今度だけでいいから、協力してくれないか。わたしのために」

カリーナは目をしばたたかせ、立ち上がった。ファリードはきゅっと口を引き結んだ。

「カリーナ、今はきみの癇癪《かんしゃく》に付き合っていられないんだ――」

「墓所《ネクロポリス》にいったなんて、あなたに話してない」

ファリードの目が見開かれた。「昨日、話しただろ」

「いいえ、話してない。どうしてそのことを知ってるの?」

「わたしは――つまり――」

ファリードは目を左右に泳がせたが、カリーナの顔だけは見ようとしなかった。カリーナの唇がめくれ上がった。「どうしてわたしが見たものを見てないって思わせようとするの?」

心の底から信頼していた人間が別の嘘《うそ》をひねり出そうとしているのを見て、物心ついてからの思い出が音を立てて崩れていく。

ファリードは墓所《ネクロポリス》のことを知っていたのだ。カリーナが裏切り者のことを話したときも、評議員たちを尋問しているあいだも、いつになく落ち着いていた。それに、カリーナの記憶にあるかぎり昔から、ファリードは母の庭に入ることができた。

カリーナはファリードに詰め寄った。「あなただったのね。裏切り者はあなただったのよ」

「兵士！」

近衛兵《センティネル》がふたり、部屋に飛びこんできた。彼らに捕まるまえに、カリーナはファリードの顔を思いきりひっかいた。幾本もの真っ赤な跡が残る。カリーナは精いっぱい戦ったが、近衛兵《センティネル》の力にかなうはずもなかった。トゥーンデは助けようとしてくれたが、別の近衛兵《センティネル》に取り押さえられてしまった。

兵士たちに組み伏せられ、カリーナはファリードの顔を見上げた。後悔、罪悪感、かつてのファリードのかけらを探す。

どれひとつとして、なかった。

「何年もかけて計画してきて、終わりはこれか」ファリードはため息をついた。

ファリードが袖口から短剣を出すのを見て、カリーナは覚悟した。そして、たったひとりの兄の暗く、空虚な目を、視線を逸《そ》らすことなくまっすぐにらみつける。

ファリードは迷いなく短剣を振り下ろした。そして、トゥーンデののどを切り裂いた。

第13章 マリク

マリクは、生まれたその日に死にかけた。

母さん《ママ》がその話をしょっちゅうするので、その日のことはもはや覚えていると断言できそうなくらいだ。予定より数週間早く生まれたせいもあるけれど、子宮から出たときに首にへその緒が絡まっていたのだ。産婆がすかさず取ってくれたからよかったが、生まれてから最初の数日は死んだように動かなかったという。

母さん《ママ》はマリクにつきっきりで、ぴくりともしない息子に指一本触れさせなかった。三日後、とうとう周りの人たちが母さん《ママ》から赤ん坊を取り上げようとしたとき、マリクはいきなりギャーとさけんだという。その声を聞いて、産婆は赤ん坊のことを悪魔のようだと言った。

「マリクという名前にしたのは、おまえが昔の王さまみたいに強いとわかったからだよ。だれも、おまえの力を奪うことはできないってね」母《マ》さん《マ》はいつも、目に涙を浮かべながらそう言うのだった。

感動的な話だけれど、自分はそんな高貴な名前にふさわしい人間ではないと、マリクはわかっていた。

自分は強くない。

自分は勇敢ではない。

近衛兵《センティネル》に〈太陽〉の神殿の屋根から引きずり降ろされたときほど、自分が名前にふさわしくないと思ったことはなかった。

目が覚めると、独房にいた。なかを照らしているのは、手の届かないところで揺らめいているたいまつの明かりだけだ。四方を黒々した石の壁に囲われ、あとは太い鉄棒が縦に並んだ扉があるだけだ。人間の排せつ物となにかが腐敗したような臭いで、窒息しそうになる。近衛兵《センティネル》に殴られた頭がズキズキと脈打つように痛んだが、それ以外にけがはなかった。両手は象牙製の太い鎖で縛られているが、脚は自由なままだ。

本能的に魔法の力へ手を伸ばすが、魔力の糸があるはずのところには、肺に綿を詰められたような重たい沈黙しかなかった。胸に焦りが溜《た》まっていく。この鎖のせいか？〈しるし〉は腕をいったりきたりしている。少なくとも、まだ〈しるし〉はある。だが、手を動かせなければ、使うことはできない。

じわじわと〈太陽〉の神殿の屋根での記憶がよみがえる。体を焼き焦がすようなあのキス。カリーナの胸へのひと突き。だが、カリーナは死ななかった。

イディアは嘘《うそ》をついたのだ。〈霊剣〉は、カリーナを殺すためのものではなかった。イディアをあの世界に閉じこめている力がなんにしろ、それを破壊するものだったのだ。〈陰の民〉は人間の世界では物理的な形を取れないのだと思っていた。だが、昔はできていたにちがいない。現に、イディアはバイーア・アラハリと結婚し、そのあと、敵同士となって戦ったのだから。

今や、イディアは解き放たれ、かつて自分が力を貸して築きあげた都に復讐《ふくしゅう》を果たそうとしている。そして、それを可能にしてしまったのは、マリクなのだ。

今となってはもう、怒りすら湧かなかった。それを言うなら、絶望する力すらない。カリーナを殺すのに、全力を使い果たしたのに、そこまでしてもなお、ナディアを救うにはじゅうぶんでなかったのだ。

マリクには、ナディアを救う力はなかった。

戦おうにも、もうなにも残されていない。なんの計略もない。

マリクは目を閉じ、戦うことを放棄した。せめてナディアが苦しまずに死ぬことができるよう〈大いなる女神〉に祈りを捧《ささ》げる。それと引き換えなら、ぼく自身の苦しみが二倍になってもかまわない。ぼくは何度も何度もふたりの期待を裏切ってしまったけれど、どうかレイラが今囚《とら》われているところから逃げ、ナディアを救えますように。

どのくらい時間がたったか、わからない。ふいに、カツンカツンという足音が地下室の壁に反響した。「これで物語はおしまいかい、人間の仔《こ》?」

マリクはもう、ニェニーが地下牢《ちかろう》までやってきたことに驚きすら感じなかった。この語り部《グリオ》がこれまでやってのけた数々の行いを考えれば、数十人の兵士たちをやりすごすことなど、朝飯前だろう。

もちろん、語り部《グリオ》にとっては、勝利だけでは物足りないのだ。敗者の傷口に塩を塗らなければ、気が済まないのだ。

ニェニーはため息をついた。「おまえさんは、もう少しやってくれるんじゃないかと思ってたよ。まあ、ここまでやっただけでも、上出来と言えるけどね」

「もうどうでもいい」

ニェニーは首をかしげた。「これまでやったことすべて、どうでもいいってことかい？ソルスタシアのまえの日に助けてやったあの男の子のことは？　あの子もどうでもいいのかい？」

マリクはパッと目を開けた。気力を振り絞り、鉄格子のむこうからこちらを見ているニェニーを見つめる。一週間まえのあの運命の日に初めて出会ったはずだが、本当はもっとずっとまえから見られていたのではないかという気がしてくる。

「どうしてぼくのあとをついて回るんだ？」マリクはかすれた声でたずねた。

「よい語り手はみなそうだが、あたしも一度語りはじめたら、最後まで見届けたいのさ。ほら、質問に答えな」

マリクはため息をついた。「ひとり助けたところで、ぼくがだいなしにしてしまったことをぜんぶ帳消しにできるわけじゃない」

「たしかにね。だが、たったひとりでも救ったなら、全世界を救うことになるというのも、また真実だ」

　ニェニーはしゃがんで、マリクと視線を合わせた。その目の放つ、この世のものではない青い輝きに、かつて怯《おび》えたことを思い出す。「おまえは力は強くない。それはたしかにそうだ。おまえの肉体的な力が、歌に歌われることはないだろう。だが、マリク・ヒラーリー、おまえはやさしい。この残酷な世界でやさしくいることのできる力を、あなどるんじゃないよ」

　マリクが体を動かすと、すでに傷だらけになっている手首の皮がむけた。心の奥底では、語り部《グリオ》の言っていることはまちがいだとわかっていた。

　でも……。

　第二の試練のとき、物語を語ることによってもたらされた賞賛。人々が心の奥底から、マリクのことを彼らの〈勇者〉だと信じていたようす。ダル・ベンシェクルーンでブェイディをかばって助けたこと。すべては、マリクが生み出した偽の人物がもたらしたものだったけれど、それでもそれ以前のどんなことより、マリクにとって大切な瞬間だった。あともう少し時間があれば、世界になにかしらいいものをもたらすことができたかもしれない。だからこそ、自分を憎もうとしても、憎めなかった。

「おまえは、知りようもなかったこと、やりようのなかったことのために、自分を傷つけてるんだよ。まだ木になっていないからと言って、種を罰することはできないだろう？」

マリクは初めて、語り部《グリオ》をまじまじと見た。タトゥや笑い声や奇妙な力の下に隠された、だれよりも人間らしい目のなかを。

「あなたは人間じゃないんですね」マリクは言った。

ニェニーはニヤッと笑った。「鋭い観察力だね。最後のなぞなぞだよ、人間の仔《こ》よ。あたしはだれだ？」

語り部《グリオ》は常になにが起こっているか、知っている。だが、その情報を明かすかどうかは別だ。ソルスタシアの前夜に、あのチッペクエをやすやすと操ったこと、どこへでも好きなところに出入りできること。

「……ハイエナ」マリクはささやくように言った。

その名前が口から出たとたん、ニェニーの顔がぐっとねじれた。鼻がどんどん長く、黒くなり、タトゥと同じ色の毛が生え、体を覆う。歯があごの下まで伸び、語り部《グリオ》はさっきまでの人間から動物の姿になった。

「正直に言って、おまえなら、もっとずっとまえにあたしの正体を見抜くと思ってたけどね」ハイエナの笑い声にまわりの石がカタカタと揺れる。頭《こうべ》を垂れるべきなのか、それとも怯《おび》えたほうがいいのか？

　ハイエナは神話のなかでも例外的な存在で、人間や動物や霊や神といった境界を超えたところに存在している。そもそもそのハイエナが目の前にいること自体、ありえないけれど、さまざまなものを目にしてきた今となっては、ありえないという言葉はもはや意味を持たなかった。

「あたしは、世界が破滅の瀬戸際に立つのを何度も見てきたんだよ。だけど、イディアはこれまであたしすら見聞きしたことのないような脅威をもたらそうとした。あいつは、自分の悲しみで自分を食いつくしちまった。それで、あんな影の存在になり果てたんだよ。もしあのまま放っておいたら、あいつの悲しみは世界をも食い尽しただろう。おまえは、ユールラジーの最後の生き残りのひとりだからね、そもそもイディアがおまえに関心を持ったのは、それが理由なんだ。だから、イディアに対抗できる者がいるとしたら、おまえしかいなかった」

「だけど、あなたは生きとし生けるもののなかでもっとも力を持っているひとりじゃないですか。あなたならイディアを止められるはずでしょう？」

「できるなら、とっくにそうしてるよ。あたしは人間じゃないかもしれないけど、おまえと同じで、それでも太古の法には縛られてるし、おまけに、自分じゃどうしようもない誓いにも、縛られてるんだ」初めてハイエナの顔から笑みが消えた。「そもそも、あたしは千年前にすでに一度、この世の物語にちょっかいを出したからね。もう同じことはできないんだよ。イディアと対決するのは、あたしじゃないし、あたしじゃだめなんだ」

「でも、あなたにイディアが倒せないなら、ぼくにできるはずない」自分の魔法は、霊の力にははるか及ばないことは、苦い経験で学んでいた。ハイエナが言っていることが本当で、マリクにしかイディアと対峙《たいじ》できないというのなら、世界の運命は決まったも同然だ。

ハイエナのニヤニヤ笑いがもどってきた。「いいかい、人間の仔《こ》、その答えはおまえが自分で見つけなきゃならないんだよ。だが、ここから去るまえに、ふたつ助言をしてやろう。まあ、おまえたち人間は昔から助言に耳を貸すのが下手だけどね。ひとつ目は、物語は終わるときには終わる、それよりまえに終わることはないってことだ。結末が気に入らなければ、新しいのを作ればいい」ハイエナは肩越しに振り返って、マリクには見えないものを確かめた。「ふたつ目は、おまえのことを助けてくれる人間は、おまえが思っているよりはるかに近くにいるってことさ」

そのとき、マリクがもう二度と聞くことはないと思っていた声がした。「マリク?」

世界が止まった。「レイラ?」

これもまやかしなのか、とさけぼうとしたが、振り返ると、トリックスターはすでに消えていた。マリクは、姉とのあいだを隔てているぶ厚い石壁に、そうすればどけられるとでもいうように、強く体を押しつけた。

「レイラ、大丈夫? やつらになにかされた?」わずか数メートル離れたところに姉がいたのに、絶望に浸りきっていて気づかなかったのだ。

「あたしは大丈夫。縛られてもいないわ。今日は何日? ソルスタシアが終わったかどうか、きいても答えないのよ。どうなったの……?」レイラの声が詰まり、マリクののどに塊がこみあげた。

「ぜんぶ罠《わな》だったんだ。〈霊剣〉でカリーナを刺した。だけど、だめだったんだ。もともと殺すためのものじゃなかったんだ」

涙をこらえながら、マリクは姉にすべてを話した。なにひとつ、言葉にすると耳をふさぎたくなるような部分さえ、抜かしはしなかった。自分とユールラジー・テルラーとのつながりを明かしたときには声がかすれた。そして、カリーナとのキスと、そのあと彼女を殺そうとして失敗したことを話したときも。愛するものをすべて奪い取られた今でも、あのキスは忘れることができなかった。きっと死ぬまで心に焼きついて離れないのだろう。自分がたどりかけた人生を垣間見《かいまみ》たあの瞬間のことは。

「レイラの言うとおりだった。ぼくは勇者でいるってことで頭がいっぱいで、自分の感情に戸惑っていて、だから、目の前にあるものが見えていなかったんだ。そのせいでナディアは今――ナディアは……」泣かないと誓っていた。これ以上、レイラに重荷を背負わせたくなかった。「ごめん。そして、ありがとう。いくら言っても足りないのはわかってるけど、でも、言わせて」

「あたしにお礼を言わなきゃいけないようなことは、なにもないわよ」レイラはそっと言った。姉もまた、涙をこらえているのが、その声でわかった。「ミッドウェイであんなことを言って、ひどかったと思う。マリクが望んでこうなったわけじゃないのに。それに、あたし……どうすればいいかわからないっていう状態に慣れてなかったんだと思う。あなたとナディアがずっと危険にさらされているのに、あたしにはどうすることもできなくて――本当にごめんなさい」

同じ場所にいれば、姉の肩に頭をのせられたのに。「ぼくにお礼を言うなって言うなら、レイラもぼくに謝らないで」

「わかった。それに、マリクは弟だもんね。弟っていうものは、イライラさせられるものって決まってるもの」

マリクの胸で、希望の小さなかけらがひらめいた。また姉といっしょになれたからといって、すべて解決するわけではないけれど、すでに少し気分が軽くなっていた。今、必要だったのはこれだったのかもしれない。

「じゃあ、たっぷり泣いたから、これからのことを考えるわよ」レイラに言われ、だれかに指示されるのがこんなにうれしかったことはないとマリクは思った。「ハイエナが言おうとしたのは、ナディアを救うには、イディアを止めるしかないってことよね。イディアに魔法で幻を見せろってこととか？」

マリクは首を横に振った。「まえにやってみたんだ。でも、だめだった。それに、今、魔法は使えないんだ。ぼくを縛ってる鎖のせいじゃないかと思う」マリクはもう一度、魔法の力に手を伸ばしてみたが、だめだった。魔法の力がないと、自分が自分でないように感じる。裸で無防備なまま、真っ暗な部屋に入っていくみたいだ。鎖に縛られた手を動かしながら、必死で考える。ぼくにもできることがなにかあるはずだ。そうでなければ、ハイエナがわざわざあんなことを言いにくるはずがない。

またなぞなぞだ。なぞなぞなら、走ることの次に得意だ。

答えは、イディア自身にあるはずだ。イディアはさまざまな顔を持っている。霊、父親、王。誇り高く、皮肉屋で、彼の魔力の源であるあの川のように気まぐれだ。

そして、復讐心《ふくしゅうしん》に燃えている。千年ものあいだ、イディアは憎しみを研ぎすまし、邪魔者をみな滅ぼす武器に仕立てあげたのだ。

しかし、それが刃の弱点でもある。一度研いでしまえば、敵だけでなくその使い手を傷つけることもありうるのだ。あの大蛇を退治するチャンスがあるとすれば、彼自身の怒りを利用するしかない。

マリクはハッとした。

「ソルスタシアの二日目のとき、ぼくに話してくれたよね？　霊を縛るって話」

「うん、霊を縛るには、その霊よりも強い力を持つものに縛りつけなければならないって」レイラが考えながら言った。姉の頭のなかでパズルの駒が動いている音が実際に聞こえるような気がする。「バイーア・アラハリがイディアを縛ったとき、あいつを閉じこめるのに、まるまるひとつの世界が必要だったのよね。もう一度、あいつを縛るのには、そのくらい強力なものが必要になる。そんなものは、あるかな？」

　まさに問題はそこだったけれど、マリクに答えはなかった。マリクには、バイーア・アラハリほど高度な魔法は使えない。それに、イディアを追放できるような別世界もない。必要なのは、マリクが〈顔なき王〉よりも大きな力を手にできる場所なのだ。

　だが、ハイエナの言ったとおりだ。物語は終わるまでは終わらない。だから、まだ試していないことがあるうちは、終わらせるつもりはない。

「わからない。でも、どうにかしないと」鎖をガチャガチャと鳴らす。「どうにかしてここから出る方法があるはずだ」

「〈霊剣〉はまだ呼び出すことができる？」レイラがきいた。

　マリクは〈霊剣〉を呼び出し、後ろ手に縛られた手で握りしめた。「うん。だけど、これじゃ、鎖を切ることはできないよ」

　姉の声から、ニヤニヤしているのがはっきりとわかった。「ううん、そういうふうに使うんじゃないわよ」


　それから数分後、レイラは声をかぎりにさけんだ。

「助けて！　弟が！　弟が自分のことを刺した！」

たちまちマリクの独房の前に兵士が現れた。兵士は、マリクが胸に〈霊剣〉を突き立て、ぴくりともせず、ぶざまに倒れている姿を見て、悪態をついた。

「どうしてこんなことに？」兵士は吐き捨てるように言うと、独房の鍵を開けて、なかへ飛びこんだ。

「わからない！」レイラが泣きわめく。

兵士はまた悪態をつくと、マリクを無理やり立たせた。「聞こえるか？ 聞こえてたら答えろ」

マリクはぱっと目を開いた。あっという間に、〈霊剣〉が皮膚の下にもぐりこむ。そして、次の瞬間、マリクの口に現れた。マリクは〈霊剣〉をくわえたまま、首をさっとひねって兵士の胸に突き立てた。

刃は兵士の鎧《よろい》を貫き、皮膚に達した。兵士は悲鳴をあげてマリクを放し、ドウと床に倒れた。マリクはおぼつかない指先で兵士のベルトから鍵束を抜き取り、独房から走り出て、レイラのところまでいって渡した。すぐにレイラも外へ出て、マリクの手かせを外す。マリクは、魔法の力がうなり声をあげながらもどってくるのを感じ、ほっとして涙が出そうになった。

「兵士たちがくる。だが、だれの姿も見えない」魔法を紡ぎ、自分とレイラのまわりに幻を張り巡らせる。と、同時に、兵士たちが地下牢《ちかろう》に飛びこんできた。マリクとレイラはなだれこんでくる兵士たちを避けながら進み、ついに出口を見つけ、外の通りへ逃れた。閉会の儀の最中だったため、祭の喧騒《けんそう》のなかに紛れこむのは簡単だった。

安全だと思われるところまでくると、マリクはジェヒーザ広場の真んなかで焚《た》かれている篝火《かがりび》に目をやった。バイーア彗星《すいせい》は今や地平線近くで輝き、長く伸びた尾が夜空に描く弧がまさに完成するところだ。頭のなかのアイデアはまだぼんやりしていたが、確かに形をとりつつあった。

「霊を人間に縛りつけることはできるのかな」マリクはレイラにたずねた。

レイラの眉間にしわが寄った。「できない理由はないと思う。でも――え、ちょっと待って、マリク！」

しかし、マリクはすでに走り出していた。通りをまっすぐジェヒーザ広場へむかっていく。すでに、ソルスタシアの最後の祝いが始まり、人々の声が星空にこだましていた。

ひとつだけ、ほかのだれよりも知っている場所がある。イディアを縛りつける場所がないなら、この体でやるしかないのだ。

第14章 カリーナ

なにもかも、トゥーンデの血のにおいがする。

カリーナには一滴もつかなかったのに、息を吸うたびに血の金属的なにおいで息が詰まるような気がする。トゥーンデの命を失った体が床に倒れた瞬間、世界は動きを止めた。肉体を超えたところから恐怖が押し寄せてくるのを、カリーナは止めることもできずにただ眺めるしかなかった。

ファリードは短剣を近衛兵《センティネル》に渡し、ふたりの近衛兵《センティネル》が手慣れたようすでトゥーンデの胸からぬめぬめと光りながらまだ脈打っている心臓を取りだした。

それから、ファリードはカリーナの支度をするよう命じ、近衛兵《センティネル》は人形かなにかのようにカリーナを寝室へ運んでいった。

召使いたちはカリーナを無理やり風呂へ入れ、万力のように両腕を押さえつけて、体を洗った。

母は死んだ。ハミードゥは消えた。ファリードと、アディルだと思っていた少年は、そもそも味方ですらなかった。

召使いたちはカリーナを新しい寝室へ連れていった。つい昨日の夜まで、トゥーンデはここにいた。カリーナを抱き、すべてうまくいくと約束してくれた。でも、そんなトゥーンデも今は床の石についた血のしみになってしまった。寝室では、アミナタがまるでいつもとなにも変わらないかのようにカリーナの着替えをするために待っていた。

「しゃべらないで」侍女は言った。友のこんな冷ややかな声を聞くのは初めてだ。それでも、アミナタの姿を見て、ぼんやりとした頭にひとつだけくっきりとした光が差しこんだ。アミナタにまで手出しはさせない。ファリードにそんなことはさせない。

「ここから逃げたほうがいい」カリーナは、深いブルーに金の刺繍《ししゅう》のついたドレスを着せてもらいながら言った。「ハヤブサを殺したのはファリードよ。そして、トゥーンデも殺した。あいつは悪魔よ」

アミナタは一瞬手を止めた。そして、鏡台からティアラをひとつ選ぶと、カリーナの髪につけた。「ファリードはこの都が腐敗しているのを見て、それを正そうとしたんです。だれもしようとしないから」

胸が押しつぶされた。ハンマーで叩《たた》かれたみたいに。アミナタもファリード側だったのだ。

生まれて初めて、カリーナは本当にひとりぼっちになった。

アミナタはカリーナの用意を終えると、召使いたちを呼んで、カリーナを連れていくように言った。そのあいだも、友はカリーナの目を見ようとすらしなかった。カリーナはクサール・アラハリの前の閲兵場へ連れていかれた。最後の行進に参加する者たちが、命令が下るのを待っている。カリーナを見ると、みな一斉に頭を下げたが、だれも、いつになく彼女を守る兵士の数が多いことに疑問を持ったようすはなかった。

兵士たちはカリーナの両手両足を革ひもで縛った。金属よりはやわらかいが、拘束力は変わらない。そして、壁のない輿《こし》の上にすわらせた。それが終わると、兵士たちは輿を囲み、彫像のように立ち尽くした。

それからすぐに、馬に乗ったファリードが現れた。カリーナと同じミッドナイトブルーのローブに、金色のサッシュを肩から斜めにかけている。腰に下げている金の剣は、ズィーラーン様式ではなく、鎌のような形をしており、ケヌアの象形文字が彫られていた。手の甲でなにか真っ黒いものがくるくると動いている。タトゥだ。まるで生きているように皮膚の上をうごめいている。まえにそれを見たのは、あの場所だけだ。

　ユールラジー・テルラーが壁画に描いたしるし。

　苦いものがのどにこみあげる。ファリードはユールラジー・テルラーの子孫なのだ。カリーナの先祖を奴隷にするのに手を貸し、民を恐怖に陥れた魔術師の一団。カリーナの両親は、身寄りのいないファリードを引き取り、自分の子どものように育てた。そして、最大の敵に自分たちの破滅への鍵を手渡してしまったのだ。

「恩知らず！」カリーナは唾を吐きかけた。ファリードは答えなかった。

　壁のむこうから太鼓の音が鳴り響き、パレードの始まりを告げた。ファリードがうなずくと、兵士たちはカリーナの輿を肩に担いだ。太鼓の音に合わせて前進する輿の上で、カリーナは必死になって姿勢を保った。

　ソルスタシアの閉会の儀は、開会の儀よりもさらに格調高く執り行われる。ベールをかぶった踊り子たちが行列の先頭に立ち、『バイーア・アラハリのバラッド』をくりかえし歌って観客の目を潤ませ、召使いたちは、硬貨や宝石といった見事な品々を観客席へ投げこむ。アラハリ家の宝物庫から出してきたものだ。カリーナの輿《こし》の前には、チッペクエが、タッセルのついた美しい網紐《あみひも》で飾られた体をゆすりながらのしのしと歩いている。その背に乗っている評議員たちを見て、カリーナの心は憎しみで煮えくり返った。輿の横では、巨大なライオンの人形が踊りまわり、時折、真に迫った吠《ほ》え声《ごえ》をあげ、観客を楽しませている。

カリーナが参加していないことを不思議に思う者はいないらしい。

「助けて！」さけんでも、まわりの人々の声に呑《の》みこまれてしまう。カリーナの声を聞いた者も、うれしそうに怒鳴り返すだけだ。カリーナはハッと気づいた。みな、カリーナが縛られているのは、パレードの演出のひとつだと思っているのだ。

ほかにどうしようもなく、カリーナはファリードにすべてをぶつけた。

「どうしてこんなことをするの？　わたしがなにかした？」

行く手にジェヒーザ広場の篝火《かがりび》がぼーっと見えてきた。夕方の空に赤々と地獄の炎さながらに燃えるさまを見て、カリーナがなによりもおそれている悪夢の底から、焼けつくような炎とツンと鼻をつく煙が立ち昇ってきた。息が浅くなり、耐えきれなくなってゴホゴホと咳《せ》きこむ。容赦なく脈打つこめかみの痛みをこらえながら、なんとか筋道の立った考えをまとめようとする。

「お願い、ファリード、わたしがなにをしたにしろ、必ず正すようにするって約束するから」

「これしか方法はない」ファリードは押し殺した声で言った。カリーナは聞きちがえたかと思い、もう一度言った。

「方法ってなんの？」

ファリードの黒い瞳に炎が反射した。「彼女を取りもどす方法だ」

「彼女を取りもどすって……」ファリードにとって大切な「彼女」は、今も昔もひとりしかいない。どれだけ長い年月が経《た》っていようと。カリーナはハッと息を吸った。「ハナーネを？」

「彼女の名前を口にするな！」ファリードは噛《か》みつくように言った。カリーナは怒りがこみあげるのを感じた。わたしにこれだけのことをさせておいて、そのくせ、結局は、いつだってなんだって、すべてハナーネなのだ。

すでに輿は広場に入り、薪の山はみるみる近づいてきた。肺に煙が入りこみ、内側から窒息させられるような恐怖に囚《とら》われる。

「何様なの？　姉の名前を口にするなですって？」カリーナは咳《せ》きこみながら言った。群衆のなかに知っている顔を探すが、知らない顔の海が広がっているだけだ。

「本当に覚えてないんだな」そう言ったファリードの声にあるのが、嫌悪なのか純粋な驚きなのか、カリーナにはわからなかった。「彼女を殺したことを、本当に覚えていないんだな」

痛みが頭を切り裂き、カリーナは体を折り曲げた。涙がどっとあふれ出す。「ハナーネは火事で死んだのよ」

「きみが起こした火事でね」ファリードは冷たく言った。「きみが呼び出した嵐雲《らんうん》から雷が落ちて、宮殿に火がついたんだ。きみはずっとそうだった。ものごとをめちゃめちゃにして、ほかの人間に尻拭いをさせる」

うそだ。あの嵐は、穏やかな季節にはふつう起こらない異常現象だった。わたしが呼び出せるはずがない。呼び出すはずがないのだ、あんな破壊的な力を持ったものを。カリーナはあのおそろしい晩のことを思いだそうとしたけれど、記憶は何年もほどこうとしてほどけないもつれにからまったままだった。

輿《こし》は篝火《かがりび》の近くに設けられた台までやってきた。四方から炎の熱が押し寄せる。ソルスタシアの興奮が、最後を迎えていやおうなしに盛りあがり、人々はどうかなったみたいに熱狂している。

「わたしはハナーネに約束したんだ。あの卑劣な〈防壁〉を破壊すると」ファリードの声がかすれた。「ハナーネに約束した。〈防壁〉を破壊することができたら、一生どこへいくときもいっしょにいると。きみはその約束を奪ったんだ。あの暗殺者を雇って訓練し、ムワレ・オマルと評議員たちを操り……すべてはこのためだったんだ」

ファリードの横顔の鋭い輪郭を見たとたん、ハヤブサが彼の肩に手を置いて、やさしく励ましているようすが浮かんできた。

「母はあなたのことを実の息子のように育てたのに！」カリーナはさけんだ。

「きみの母親は、わたしの正体を知らなかった。知っていたら、わたしを生かしておいたと思うか？　クサール・アラハリに着いたその日に、死刑にしていただろうよ」ファリードの声は、腰に差している剣よりも鋭かったが、同時に、揺らいでもいた。だれよりも自分を納得させようとしているように。「ハナーネだけが、わたしの真実をすべて知っていた。そして、それをそのまま受け入れてくれたんだ」

カリーナはそんなことはないと言いたかった。ハヤブサは、ファリードがユールラジー・テルラーだと知っても愛したはずだと。でも、あの日、女王《スルタナ》の聖所で、その太古の魔術師たちの名前が出ただけでも母が怒りを燃えあがらせるのを目にした。自分が面倒を見ている子どもがその子孫だと知ったら……。

カリーナが黙っているのを見て、ファリードの目は暗くなり、唇がぐっと引き結ばれた。
「紅血月花《ブラッドムーン》を見つけてくれて感謝してるよ。何年も探しつづけていたんだが、墓所《ネクロポリス》に入る方法がどうしてもわからなかった。おかげでようやく、きみがわたしから奪った未来を取りもどすことができる」

ファリードは兵士たちを呼んだ。カリーナは、輿《こし》から無理やりおろされても、悲鳴をあげはしなかった。

そして、群衆の前にひざまずかされても、声ひとつ漏らさなかった。

語り部《グリオ》たちが、この晩のことを物語として永遠に語ることになっても、カリーナ・アラハリが死を前にして怯《おび》えて泣きさけんだなどと言わせはしない。

ファリードはズィーラーンの民の前に立った。
「今朝、カリーナ王女はハイーザ・サラヘル女王《スルタナ》陛下が亡くなったと発表した。だが、カリーナ王女が言わなかったことがある。女王《スルタナ》の死の裏で糸を引いていたのは、自分自身だと」

　ファリードがここまで恥ずべきことをするとは思っていなかった。だが、甘かった。ハヤブサを暗殺しただけでなく、その罪をわたしになすりつけるなんて。

「嘘《うそ》よ！」カリーナはもがいたが、縛《いまし》めはほどけなかった。横で燃えさかる炎と連動するように、頭がズキズキと痛む。ファリードは嘘をついている。カリーナが父《ババ》とハナーネを殺したと嘘をついたように。

「母親の死だけではない。父親と姉のことを殺したのも、カリーナ王女だ。幼いころから、カリーナ王女は権力を欲していた。自分の家族すら殺したいと願うほどに」

　たとえカリーナに弁解の言葉があったとしても、ズィーラーンの人々が正義を求めるさけびにかき消されただろう。ハヤブサが娘に不満を持っていたことは、だれもが知っている。ファリードが自分のいいように話を捻《ね》じ曲《ま》げた今、カリーナには民を味方につける言葉などもはやありはしなかった。憎しみとあざけりの渦巻くなか、紫の服を着た人影がさっと台の下に近づくのが見えた。

　ファリードが片手をあげた。「今夜こそ、われらが女王《スルタナ》のために正義が行われるのを見るであろう。兵士よ！」

ふたりの近衛兵《センティネル》が、人間の大きさの、真っ白い屍衣《しい》に包まれたものを抱えて台に上がってきた。そのときになって初めて、カリーナはファリードがやろうとしていることを理解した。

「だめよ！」カリーナは無駄だと知りつつ、身をよじり、あがいた。「うまくいくはずない！　ファリード、無理よ！」

ファリードは目の前の遺体から目をそらさずに言った。「いや、できる。わたしの先祖は、何千年もまえにこの儀式の技を学んだのだ」

ファリードのタトゥがするすると腕の皮膚を伝い、地面にたらたらとしたたり落ちた。水面に落ちたインクのように、黒色が広がっていく。そこからとぐろを解くようにぬっと姿を現したものを見て、群衆はわあっと歓声をあげた。イディアはすっくと立つと、目をぐっと細めてカリーナを見た。

「また会ったな、孫娘よ」

恐怖で五感が麻痺《まひ》するのがわかったが、それでもカリーナは噛《か》みつくように言い放った。

「もちろんあなたのしわざに決まってる。わたしの一族を一度裏切るだけじゃ、足りなかったってこと？」

「好きなだけ、わめけばいい。だが、今回のことは、すべて彼のしわざだ」イディアはファリードのほうにあごをしゃくった。「この男がわざわざわたしの世界までやってきて、おまえの姉を生き返らせる手伝いをしてくれと言った。ソルスタシアはアラハリ家と〈防壁〉を同時に滅ぼすのに絶好の機会だと気づいたのでね、断ることはできなかったよ。あの少年とおまえの魔法が交じり合えば、それだけの力を発揮するだろうというわたしの予想は当たったようだな」

頭が燃えるように痛み、カリーナは唇をぐっと噛みしめた。「でも、わたしたちだってあなたの子孫でしょ！　どうして自分の血を引いたものを傷つけるの？」

「わが愛する妻が自分の血を分けた息子を殺して〈防壁〉を築いたときに、家族の縁など切れたわ。しかも、あの女はわたしをあの腐り果てた地獄へ追いやった」イディアは、空を背景に浮かびあがるズィーラーンの都の輪郭をぐるりと見やった。「この都が存在しているのは、わたしの力のおかげだ。わたしには、それを取りもどす権利がある。バイーアがわたしから奪ったのだから」

「イディア、わたしは取引の目的を変えるつもりはない」ファリードが口をはさんだ。

「〈防壁〉は倒れた。さあ、儀式を行ってくれ」

イディアは呆《あき》れたように空を仰いだ。「あいにく取引は取引だからな。まず、紅血月花《ブラッドムーン》の花びらを。死者の都にだけ、咲く花だ」

ファリードは腰につけた袋の中身を火のなかにあけた。オレンジ色の炎が、花の名の由来である濃い血の色に変わる。

「次は、王の心臓だ」

近衛兵《センティネル》がファリードにトゥーンデの心臓を渡した。ファリードは、それがかつて生きて息をしていた人間のものだったことなどないように、炎のなかへ放った。

「最後に、失われたもののからだを」

「姉に触らないで！」カリーナは悲鳴をあげたが、近衛兵《センティネル》はハナーネの遺体をファリードに渡した。「うまくいったとしたって、まえと同じようにはならないわ」

ファリードはまっすぐカリーナの目を見つめた。「もちろんだ。今度は、まえよりもよくなるのだから」

まさに恋人がするように、ファリードはハナーネの遺体をそっと持ちあげると、炎に捧《ささ》げた。人生で二度目に、カリーナはいつも笑っていた愛する姉がたけり狂う炎に呑《の》みこまれるのを見た。吐き気がこみあげたが、なにも出てきはしなかった。台のそばで歓声を上げていた者たちがハッと黙りこむ。

炎が白くなり、星まで届きそうなほど高く燃えあがった。崩れ落ちた空がもどってきて、ジグザグに走ったひびで青い光が脈打った。

イディアが言った。「ソクラがこれらをひとつにし、失われしものをよみがえらせる。約束を忘れないようにな」

ファリードとイディアがカリーナのほうを振り返った。ファリードは腰からケヌアの鎌型の剣を抜くと、カリーナのほうに歩み寄った。その目には真の苦悩の色が浮かんでいた。

「こうするしかないんだ」ファリードは、カリーナにというより自分にむかって言った。

ファリードの剣が弧を描いて振り下ろされようとした瞬間、だれかがさけんだ。「イディア！」

どこからともなく現れたマリクが、ファリードのとなりにすっと立った。ファリードは驚き、剣を持つ手が止まった。イディアはマリクとにらみ合い、にんまりと笑った。ふたりの兵士が剣を抜いて、マリクに襲いかかろうとしたが、イディアが言った。「彼をこちらへ」

兵士たちはマリクを捕らえ、イディアの足元に投げ出した。カリーナはもう一度縛《いまし》めをほどこうとしたが、革ひもはびくともしない。

「おまえのにおいがすると思っていたのだ」イディアはぼろぼろになったマリクの姿を上から下まで眺めまわした。「牢《ろう》のなかで朽ち果てたのではないのか？」

「王よ、第一の試練の際、ぼくはあなたに貢物をすることなく、魔法の願いをかなえてもらった。それを今、正したいと思う」マリクの声は震えていたが、それでも一度たりとも霊から目を離さなかった。今になってもなお、カリーナの芯の部分は、北を指すコンパスのようにマリクのほうへ引き寄せられた。「あなたは、アラハリ家への復讐《ふくしゅう》を遂げるチャンスを数世紀ものあいだ待っていた。バイーア・アラハリの血を絶やす楽しみをなぜ他人に譲るのです？」

「わたしがこの手でやつらの息の根を止めるところを想像しなかったと思うのか？」イディアは吠《ほ》えた。「わたしとやつらが共に持つ魔法の力さえなければ、とうにこの手であの女の血を引く者の首をひとり残らずへし折ってるわ！」

「なら、そうすればいい」マリクはイディアにむかって手を伸ばした。「ぼくを通して。ぼくは、ぼく自身を報酬として捧《ささ》げます」

「バカバカしい。こいつののどを掻《か》き切《き》れ」ファリードが命令した。

「動くな」イディアがとどろくような声で言い、近衛兵《センティネル》は凍りついた。〈顔なき王〉はぐっとからだを反らし、目を細めた。「どういうことか、説明しろ」

「ぼくはあなたのようにアラハリ家に縛られていない。ぼくの体を奪えば、それを使ってカリーナ王女に直接手を下せるはずだ」

カリーナの唇から嗚咽《おえつ》ともヒステリックな笑いとも取れる声が漏れた。わたしはバカだ。彼がもしかしたら自分を想っているかもしれないなんておめでたい妄想をしたのだから。彼はすでに一度、わたしを殺そうとした。そして今度は、もう一度わたしを殺すために自分のからだを悪魔に捧げようとしている。

イディアの顔にさまざまな感情が次々と現れたが、それはどんどん凶暴さを増していった。「なぜそんな提案をする？」

「そうすれば、ぼくに与えられたもうひとつの役目を果たせるからだ。ぼくの体を通して彼女を殺したら、妹を解放してほしい」篝火《かがりび》の炎の光に照らされ、マリクはこうこうと輝いていた。「ぼくの申し出を受けるか？」

ひとつ息を吐く間が、一生分の時間のように感じた。そして、イディアはニヤッと笑った。「受けよう」

イディアはマリクの手をつかんだ。その瞬間、大地と空のあいだに完璧な沈黙が訪れた。最後の瞬間、マリクはカリーナのほうを振り返って、安心させるように微笑《ほほえ》んだ。彼は、微笑むために創られた顔をしていた。嵐のあと、雲間からのぞいた太陽のような。もっと微笑むことができなかったのは、なんて悲しいことだろう。

そして次の瞬間、炎が一瞬にしてかき消えるように、イディアが消え、マリクはがっくりと膝をついた。

第15章 マリク

マリクだった人間は立ち上がり、驚いたように自分の姿を見つめた。すべては元の姿のままだ。ただ一か所だけ――彼の目は、かつて夜のワタリガラスよりも黒かったのに、今はこの世のものではないどんよりとしたブルーに変わっていた。

イディアはマリクの頭をのけぞらせ、笑った。マリクの頬をひっかき、幾筋もの血が流れ出すままにする。そして、血のついた指先を唇にあてた。

「すばらしい。実にすばらしい」

イディアはカリーナのほうへ歩いていった。腕と脚の動く速さがちがい、酔っ払いが操る操り人形のようだ。台の上にいる者なら止められるだろうが、みな恐怖に凍りついている。イディアは、身をすくませている兵士の手から剣をもぎ取った。

「待ってくれ、こんなことは想定外だ」ファリードが、体を乗っ取られたマリクとカリーナを交互に見た。

「黙れ。都が破壊しつくされていないことに感謝するんだな。少なくとも今はまだな」

イディアはマリクの顔で空を仰ぎ、バイーア彗星《すいせい》があるはずの場所にむかって言った。

「バイーア、わが妻よ、見ているか？　わたしが勝ったぞ」

イディアはマリクの体をカリーナのほうへむけ、手に持った剣を振りあげた。


イディアを自分のなかに迎え入れたらどうなるのか、マリクはわかっていなかった。愚かなやり方かもしれない。だが、それ以外、マリクがイディアより優位に立てる場所など、どこにもない。

自分のなかにあるのは、なにもない荒れ果てた世界だろうと想像していた。イディアの牢獄《ろうごく》のように。しかし、体を譲り渡したあと、マリクが立っていたのは、見渡すかぎり広がるレモン畑の、とりわけ大きなレモンの木の下だった。こんなふうに緑に覆われた大地を見たのは、あの場所だけだ。

そう、故郷。

ここは、子どものころのオーボアだった。永遠につづく夏の日のような日々を送っていたところ。思わず家を探したが、レモン畑しかない。

体の外の世界は、見ることも聞くこともできなかったが、自分の動きはぼんやりと感じられた。イディアが頬をひっかいたときには鋭い痛みを感じたし、カリーナのほうへむき直ったときは、胸に殺意が湧きあがるのもわかった。

同時に、イディアが見逃しているいくつかの兆候にも気づいていた。剣を振りあげたときに、息が浅くなり、動悸《どうき》が激しくなったことにも。

自分のことをいつも好きだったわけではない。だが、よく知っていた。だから、体をとりもどそうとはせずに、じっと待った。

すると、イディアが胸に手を当てた。胸が締めつけられ、目が見開かれる。

「どういうことだ？」イディアは噛《か》みつくように言った。しかし、周りにいる人々には、彼が虚空にむかって話しかけているようにしか見えなかった。体を動かせたなら、マリクは肩をすくめていただろう。

「ぼくの体は、最高に居心地のいい場所とは言えないんだ」

いつもの発作が起きつつあった。庭を乗っ取る雑草のように、焦りと恐怖が体全体に広がっていく。レモン畑にみるみる亀裂が走ってバラバラに砕け、足元から崩れ落ちて、大きな破片が次々と虚空に落ちていく。

イディアはマリクの胸をつかんだ。「これは――どういう――わたしになにをするつもりだ」

外から見ていると、マリクがいつもの発作を起こしているさまは奇妙でしかなかった。自分のなかに広がる風景にしがみついていたイディアの力がゆるんだのを感じ、マリクは話しはじめた。

「千年前、大蛇はごくふつうの人間の少女に恋をした」

レモン畑の緑が溶けるように消え、代わりに金色の砂とそびえたつ岩が現れる。岩はピラミッドと方尖塔《オベリスク》の屹立《きつりつ》する都となり、そのあいだをサファイヤのように輝く川が流れはじめる。都から離れ、その川が大きく湾曲するその場所で、少女は泉から巨大な蛇を引っぱり出す。その蛇が少女の腕のなかで白い髪の男に姿を変えたのを見て、イディアが吠《ほ》えた。

「みなが、人間との恋は悲劇にしかならないと忠告したが、大蛇は耳をかたむけなかった。少女が奴隷主に反旗を翻したとき、大蛇は少女の側について戦った。少女が、彼女の民の避難場所として新たな国を創ると、大蛇は彼女と共に王としてその国を治めた」

　外の世界とのつながりは断ち切られていたので、マリクは幻を紡ぐことだけに集中した。ケヌアの都は崩れ落ち、その真んなかから死体の散乱する戦場が現れ、ぐんぐんと四方に広がっていった。幻のイディアとバイーアは共に剣を取り、殺戮《さつりく》の場で戦っている。

　すると、戦場は消え、泥レンガの家や小屋が立ち並ぶ集落が現れた。戦争で疲弊してはいるが、希望に満ちた人々の姿が見える。ふたりは、その小さな都を見下ろす崖の上に誇らしげに立っていた。そのあいだには、銀色の髪をしたふたりの子どもたちの姿が見える。

「ところが、大蛇はだんだんと嫉妬を募らせた。少女が、かつて彼だけにむけていた愛情を、民にも注ぐようになったからだ。彼はそれを民と分け合うつもりはなかった。彼女を分け合うつもりはなかったのだ」

　集落がぐんぐんと広がり、小屋が大きな建物や店になるのを見て、イディアがかん高い声をあげた。町の境にそって美しい雪花石膏《アラバスター》と黄金の宮殿が現れ、あたかも蔓《つる》が伸びるように大きくなっていく。町は都となり、白い髪をした者の手から、漆黒の髪をした少女が飛び立ち、舞いあがっていく。

　レモン畑が揺れた。イディアが再び主導権を握ろうとしているのだ。

息を吸って。現実に留まれ。ここに留まれ。

「そこで、大蛇は霊の世界の者たちの力を借りて、妻の敵と組み、彼女が築いたものをすべて破壊しようとした。そうすれば、彼女は彼のところにもどるしかないと思ったのだ。しかし、彼女は自分の民を守るため、荒れ果て、忘れられた世界へ夫を追放した。なにも育たず、日の昇ることのない場所へ」

そして、マリクとイディアはまた、ふたりが初めて出会ったなにもない世界にいた。イディアは彼の牢獄《ろうごく》から抜け出そうとなりふりかまわず大地をひっかき、とうに枯れ果てた草木が踏まれてバリバリと崩れた。

「そして、それ以来、あなたはそこにいる」マリクは小声で言って、あわれな大蛇の横にひざまずいた。「悲しみが妄想と怒りに変わるがままに任せて」

「黙れ！」イディアが吠《ほ》えた。マリクはまたレモン畑へともどり、慣れ親しんだ故郷から力を引き出す。

「数世紀にもわたる孤独がどんなものだったか、ぼくには想像もつかない」マリクは言った。長いあいだ嘘《うそ》をつきつづけたあと、口にした真実には、素朴な力が宿っていた。「命を持つものが、あんなふうに生きなければならないなんて、まちがっている。そのせいであなたがどんな目にあったかと思うと、胸が痛む。それに、あなたの民があなたの裏切りに対し、まるであなたが最初から存在しなかったかのように振る舞うことにしたのにも」

マリクは近くのレモンの木から樹皮をすーっとはぎ取った。イディアは這《は》って逃げようとしたが、レモンの木々が寄り集まって、逃げ道をふさいだ。

「でも、あなたが苦しみに耐えたからと言って、ほかの者たちを苦しめていいわけじゃない。復讐《ふくしゅう》の名において、これ以上の命を犠牲にするのは許さない」

残っているのは、ふたりの頭上に葉を生い茂らせている一本のレモンの木だけになった。イディアは木に登ろうとしたが、枝は彼の届かないところへ逃れた。マリクはイディアの腕をつかんだ。

「あなたはぼくをほしがった。さあ、受け取るがいい。あらゆる恐怖と、それに付随するあらゆる矛盾と共に」

マリクは樹皮でイディアをぐるぐる巻きにし、レモンの幹にきつく縛りつけた。

「たとえ自分自身が引き裂かれそうになっても、ぼくは闘う。ぼくはもがき、失敗し、それでも闘う。たとえ、意味がないように思えても。そこが、あなたにはわかっていないところなんだ。人間であるということはそういうことだ。だから、あなたはぼくに勝つことはできない」

大蛇は、とうに滅び、忘れられていた言語で呪いの言葉を吐き散らした。樹皮を最後まで巻きつけてしまうと、マリクはうしろに下がった。

「ここはぼくの意識の世界だ。ここでは、ぼくがいちばん強い」

マリクはすうっと息を吸いこむと、自分の体にもどった。とたんに、篝火《かがりび》の硫黄の臭気で、目がチクチクしはじめる。イディアが意識の奥底でカリカリとかぎ爪を立てるのを感じる。もう少しで——あとほんのわずかで、また主導権を手にできるところで。

だが、マリクは恐れてはいなかった。自分のなかにいる悪魔たちのことは、よく知っている。

それに、これはぼくの意識と体だ。

使うのもぼくなら、
破壊するのもぼくだ。

マリクは兵士から奪った剣を放り投げると、〈霊剣〉を呼びだした。そして、カリーナのほうへむき直り、少しだけ、ほんのわずかに微笑《ほほえ》んだ。

「いろいろ本当にごめん」

もう言い残したことはない。
マリクは〈霊剣〉を手に取ると、自分の心臓に突き立てた。

第16章　カリーナ

カリーナにはマリクの自己犠牲の意味を理解する間もなかった。なぜなら、彼がばったりと倒れた瞬間、ハナーネと目が合ったからだ。

人生にはどんな言葉をもってしても、表現しきれない瞬間がある。計り知れないほどの喜び、言うに堪えないほどの喪失、誕生と死と、そのあいだの予想外の展開や転換点。

ハナーネが生き返るのを目にした瞬間は、そのすべてを超越していた。

心臓が一回打つ間に、一生分の時間が過ぎる。そのあいだ、姉妹は見つめ合った。

「カリーナ？」ハナーネがささやくように言った。姉の顔は、記憶にある通り、温かく、悲しそうで、そばかすが散っていた。

よみがえりの儀式は成功したのだ。

カリーナはなにか言おうとした。だが、言葉が出てこない。ずっと望みつづけてきたことなのに。十年間、孤独のなかで願いつづけてきた祈りがとうとうかなえられたのに。ハナーネが目を大きく見開く。その瞬間、カリーナの体の芯を嫌悪感が突き抜けた。

こんなこと、まちがっている。

頭上で、空が燃えあがった。世界が動きを取りもどすにつれ、カリーナの心臓がまた鼓動しはじめる。空全体に光が炸裂《さくれつ》し、目もくらむような銀色と血のような赤色がはじけ、人々が歓声をあげた。ソルスタシアの入念な準備について詳述された何百という書類に目を通したが、花火のことなどどこにも書かれていなかったはずだ。でも、カリーナが本当に見ているのは花火ではなかった。姉に目が釘《くぎ》づけだったから。

生きて、息をしている姉に。

観衆は花火に気を取られ、何体かのライオンの人形が台のすぐ近くまで迫っていることには気づかなかった。すると、だれかがさけび、それを合図に人形のなかから男女が躍り出て剣を抜き、カリーナとファリードに飛びかかった。すかさず兵士たちがファリードの前に立ちはだかったが、ファリードはハナーネを安全なところへ連れていくよう大声で命令した。

「姉に触らないで！」カリーナはさけんだが、ぐいと引っぱられてよろめき、ライオンのあごのほうへ倒れかかった。

息を呑《の》んだ瞬間、がっしりとした両腕がカリーナを受け止めた。見上げると、ハミードゥ司令官が片腕でカリーナを抱え、もう片方の手でカリーナを縛っている紐《ひも》を切りはじめた。驚いたのも束の間、かつては自分を守ってくれていた近衛兵《センティネル》たちが、今ではファリードの命令に一も二もなく従うのを思い出した。

「放して！」カリーナは司令官の腕から逃れようともがいた。

「カリーナ、大丈夫だから！」ハミードゥ司令官の肩ごしに、アミナタが汗だくの顔をのぞかせた。「ここにいる人間は全員、信用してだいじょうぶ。だから、暴れるのをやめて！」

これも、また別のファリードの策略にちがいない。カリーナがますますもがくと、司令官は、カリーナの手足に残っていた紐をきつく締め直し、口のなかに布を押しこんだ。アミナタが命令を下すと、ライオンがふたつに割れ、頭がもうひとつ現れた。そして、カリーナを抱えているほうの半分の元ライオンは、台の右方向へむかって走りだした。周りから怒声があがり、兵士たちが追いかけてくるのがわかった。

ハミードゥ司令官とアミナタは、カリーナを布の下で巨大なシマウマの人形に渡した。シマウマはキリンに渡す。そんなふうに、まるで大きな布の下で米袋を運ぶみたいにどんどんと手渡され、カリーナはジェヒーザ広場から連れ出された。

頭上にあがる花火の音がぶ厚い布を通し、くぐもって聞こえる。カリーナに見えるのは、周りで動く影だけだ。人々は左右に分かれ、巨大な動物たちを通した。

そのあいだもずっと、頭のなかでたったひとつの思いだけが鳴り響いていた。

あの台の上にいたのは、姉ではない。

ハナーネが死んだのは、カリーナのせいだったのだ。何年ものあいだ抑えつけていた記憶が、よみがえりはじめる。だが、まだ、もやがかかったようにところどころぼんやりしている。自分とハナーネがなにかで口げんかをしている。カリーナがかっとなった瞬間、なにかが閃《ひらめ》いて――。

そんなはずない。頭が悲鳴をあげる。思い出さなければならない記憶は、頭の痛みの奥深くに隠され、見つけることができない。

永遠にも思える時間が過ぎたとき、アミナタが止まれと命じた。みなが、ライオンの被り物を放り投げる。河市場にいた。西門に近いあたりだ。目の前に暗い路地が延び、ジェヒーザ広場の喧騒《けんそう》のあとで、不気味なほど静まり返っていた。

ハミードゥ司令官はようやくカリーナのさるぐつわを外し、手足を縛っていた紐《ひも》を切った。カリーナはさっとうしろに下がり、壁を背にして、武器を持っていないことを呪った。

「いったいどういうことなの？」

「あなたのことを助けたに決まってるでしょ」アミナタが言った。「あなたのお母さまに約束させられたの。もし宮殿が危険だと思ったら、力のかぎりを尽くして、あなたを助け出すって。陛下が亡くなってから、行動を起こすタイミングを狙っていた。それで、閉会の儀に紛れて決行するのがいちばんいいだろうって」

「だけど、今日の夕方、話したときはファリードは正しいって言ったじゃない」

アミナタはため息をついて、顔の汗をぬぐった。「ズィーラーンは多くの問題を抱えていた。今もそうよ。この都を支えている人たちの苦しみから目をそむけていたら、なにもうまくいかない」そして、アミナタは眉をひそめた。「でも、ファリードのやり方はまちがってる。ファリードを止めるためなら、なんだってする。彼に疑われないようにしてね」

カリーナはアミナタを見つめた。ずっといっしょに育ってきた少女。でも、それだけではなかったことに、初めて気づく。カリーナがアミナタを見限ったときですら、アミナタのほうはカリーナのことを信じつづけたのだ。

名づけようのない感情が押し寄せてきて、カリーナは両手を広げ、友に抱きついた。

「本当に、本当に、なにもかもごめんなさい！」

アミナタはカリーナから体を離し、額と額をくっつけた。「大丈夫。まだやることが山ほど残っていて、さよならを言ってる場合じゃないのよ」そして、司令官のほうを見てうなずいた。「わたしは追っ手をまくためにライオンをどこかに隠してから、いないことに気づかれるまえに、宮殿へもどる。あなたはハミードゥ司令官といっしょにいって。司令官が、手を貸してくれる人たちのところへ案内してくれる」

アミナタの目は恐怖の光を宿していたが、その声はしっかりしていた。カリーナはうなずいて、袖で顔をぬぐうと、路地の入り口に立っているハミードゥ司令官のところへいった。

「またすぐに会えるわよね」カリーナは言って、片手を小さく振った。これは、さようならではない。そんなことは、ありえない。

「ええ、またすぐに」アミナタも言った。

崩れかかった路地は網目のように絡み合っていた。ハミードゥ司令官はカリーナを急《せ》き立て、素早く進んでいく。もうこれ以上一歩も歩けないと思うたびに、脳裏に偽のハナーネの姿が浮かび、カリーナを前へと突き動かした。時間にして数分だろうが、何時間も経《た》ったように思える。カリーナはぼろぼろの壁に倒れかかり、胸を大きく上下させながら言った。

「少し……休まないと」

「ここで休むわけにはいきません、陛下」ハミードゥ司令官はさっと周囲に目を走らせた。

「連絡係とはこのあたりで会う予定ではありますが……」

「ここよ！」角の暗がりから、フードをかぶった人物が飛び出してきた。「司令官！　姫さま！」

カリーナはうれしくてさけびそうになった。エファだったのだ。「近衛兵《センティネル》に捕らえられていると思ってた！」

「まあね！　でも、魔法がかかっていない牢《ろう》は、魔法を使える人間を閉じこめておくにはむいてないってこと」エファが動くたびに、魔法の力があふれ出す。〈防壁〉が打ち砕かれたときに感じたンクラと同じ力が。わたしはこの子の力を甘く見ていたのかもしれない。

「さあ、もう……」ふいにハミードゥ司令官が動きを止め、さっと剣に手をやった。重たい足音と怒声がこちらへむかってくる。「エファ、女王《スルタナ》をお連れして」

カリーナとエファは顔を見合わせた。その目は、司令官が口にしなかったことを伝え合っていた。ハミードゥ司令官がいくら熟練の兵士だとはいえ、あれだけの数の兵士をひとりで相手にすれば、死は免れ得ない。しかし、ふたりが逃げるだけの時間は稼げるだろう。カリーナが異を唱えるまえに、ハミードゥ司令官はさっとマントを脱ぎ、カリーナの肩にかけて、あごの下で結んだ。

「母君は、おふたりの死のことで一度たりともカリーナさまを責めはしませんでした。われわれはだれひとり、カリーナさまのせいだとは思っていません」カリーナは流れる涙を止めることができなかった。「おもどりになったときは、アラハリの名の紋章を身に着けることがなぜ名誉なのか、みなに思い出させてください」

もしもどれたら、ではない。もどったときと、言い切ったのだ。

のどがひりひりして声が出なかったので、カリーナは黙ってうなずき、深々と頭を下げた。手を唇にやり、それから胸に当てる。ハミードゥ司令官もうなずき、それから敵のほうへむき直った。すっと左手を掲げる。すると、手のひらに刻まれた紋印の中心でなにかが光った。

「それから陛下、魔法の力を持っているのは、陛下おひとりではありません」

司令官の手から火柱があがり、やってきた近衛兵《センティネル》たちを呑《の》みこんだ。カリーナは思わず身をすくめた。何千という疑問が頭を駆け巡る。だが、今はそんなことを考えている時間はない。鋼と鋼がぶつかる音が響き、ゴウゴウという炎の音が耳をろうするなか、カリーナとエファは、司令官が身を挺《てい》して作った時間を無駄にせず、走り出した。

「どこへいくの？　これからどうするの？」城壁のそばの、長いあいだ打ち捨てられた名もない一画までくると、カリーナはたずねた。

「友だちと落ち合うの！」

突きあたりには、かつて何百人という旅人を受け入れていたと思われるフォンドゥク（北アフリカの宿泊施設）らしき建物があった。その真んなかに、素朴な茶色の帆がついた平らな砂船があり、その片端にデデレイが立っていた。デデレイは、カリーナの驚いた顔を見て、明らかに面白がっているようすでにんまりと笑った。

「またお会いできてうれしいですわ、陛下」エファとカリーナが船に乗りこむと、〈火〉の勇者は言った。「近衛兵《センティネル》がひとりいっしょだって聞いてたけど」

「彼女はここまでこられなかった」カリーナは声を絞り出した。ハミードゥ司令官の炎を思い出し、胃がひっくり返るような気持ちに襲われる。司令官はズーウェンジーだったのだ。エファと同じように。

……そして、カリーナ自身と同じように。

エファは砂船の上であぐらをかいた。「さあ、出発よ」

カリーナはためらった。〈防壁〉にはねのけられたときのことは記憶に刻みこまれている。魔法は消えたはずだが、逃げ出すまいと歯を食いしばる。すると、エファが両手のひらを船の床板に押し当てた。ふつう砂船は、ラクダなどの動物が引っぱるが、エファが触れただけで船は勢いよく走り出した。

船がなにごともなく城壁を越えたとたん、カリーナの胸を喜びが突き抜けた。〈防壁〉は本当になくなったのだ。カリーナは自由なのだ。

都を出るのだ、ハナーネを残して。

船は水上と同じように砂の上を突き進んでいく。デデレイは慣れた手つきで船を操っていた。エファの魔法に船は本当なら出るはずのない速度を与えられ、カリーナが触れると、まるで生きているように温かかった。

とはいえ、まだ危険は去っていなかった。数百メートル先の西門の検問所から、馬に乗った兵士たちがやってくる。ヒュンヒュンと矢が船をかすめ、胸を貫かれそうになったエファをカリーナが突き飛ばす。

デデレイは兵士たちの列のむこうへ回りこもうとしたが、四方を取り囲まれた。兵士たちがみるみる迫ってくるのを見て、カリーナは手すりの下に縮こまった。自分はだれも救うことはできない、今度もまた。

八歳のとき、自分が起こした火事で、父《ババ》と姉は生きながら焼かれた。

十二歳のとき、母とのあいだの溝はますます広がった。

そして今、忘れようとしてきたことの延長線上に立っている。

だが、そのとき、体を貫くようにひとつの考えが浮かんだ。

いかい、お母さまがいれば、わたしに生きろというはずだ。

カリーナは目を閉じ、自分のンクラが胸のなかで銀色の糸のようにからみあっているさまを思い浮かべた。そのからみあった糸のなかに両手を差し入れる。が、ほどこうとすればするほど、もつれはひどくなっていく。兵士たちがさらに近づき、唯一の自由への道に立ちふさがる。カリーナは、すべてを変えてしまったあの夜のことを思い出そうとする。

家族を永遠に引き裂いた嵐を呼び出したときの、あの突きあげるような力を思い出そうとする。

カリーナはさけぶ。経験したことのない痛みが体を突き抜ける。

最後に見えたのは、十年前の自分だった。どんな星よりもまぶしい笑みを浮かべ、少女はこちらへ手を差し出した。カリーナはその小さな手をつかみ、そっと包みこんだ。

笑いがこぼれ、頭をのけぞらせる。ついに、からみあった魔法の力がほどけはじめる。笑い声と共鳴するように、十年ぶりの雨がズィーラーンに降りそそぐ。

雨が、耳をつんざくような悲鳴をあげながらズィーラーンの都を打ち据えるさまを思い浮かべる。雨水が三センチ以上溜《た》まることを想定していない太古の都が洪水の重みに耐えきれずに崩壊するさまを、つながれていないものが風に巻きあげられ、建物や家にぶつかるさまを、思い浮かべる。あの台の上にいた者たちが逃げまどうさまを想像する。ファリードはハナーネを救うだろう。それが、ファリードの役割なのだから。そして、マリクの遺体は大洪水のなかに消えるだろう。

カリーナが嵐に下した命令は、たったひとつだった。進め。嵐は従った。喜んで飼い主に従う犬のように。叩《たた》きつけるような風を受け、砂船は目にもとまらぬ速さで兵士たちの封鎖を突破する。船の結合部分がかん高いうめき声をあげ、エファの額の血管が浮きあがり、甲板にあてた手がめりこむ。

魔法の力がもどった今、それを手にしていることがあまりにも自然に思え、忘れていたなんて信じられなくなる。火事のあと、カリーナはこの力を小さく折りたたんで、消えるがままに忘れ去ってしまったのだ。

だが、もう二度と忘れはしない。

長いあいだ、否定しつづけたこの力でみなを救うのだ。

第17章　マリク

「どうして新しい名前がいるか、まだよくわからないのだが」

「もしƆwɔ《オーウォー》と呼んだら、みんなにあなたの正体がわかってしまうでしょ。人間になりたいのなら、人間の名前をつけないと」

「わかった。なら、名前をつけてくれ」

「……イディアとか？　まえに物語に出てきたの」

「……イディアか。気に入った」

「彼の軍隊は、都まで一日のところまできている。アークェイシーからの援軍は間に合わない」

「たとえ彼がここまできたとしても、なにも問題はない、大丈夫だ」

「だめよ！　彼にこの都を奪わせはしない！　また鎖につながれる生活にもどるのはいやよ！　ぜったいに……彼らを都へ入らせない方法が、なにかあるはず……」

「お母さま？　どうするつもり――？　やめて！　待って、お母さま、お願いだよ。ごめんなさい！　お父さま！　助けて！　お母さま、ごめんなさい。お願い、許して！　お母さま！」

「静かに、ほらほら、大丈夫よ。なんにも痛くないから。お母さまを信じて」

マリクはビクッとして、イディアの記憶から逃れた。マリクは意識の世界で仰向けに横たわっていた。イディアはレモンの木に樹皮で縛られたまま、弱々しくもがいている。もはやマリクにもイディアにも、支配権を争う気はなかった。戦う力などもう残されていない。

「あなたの息子……」マリクはささやくように言った。「バイーア・アラハリは自分の息子を生贄《いけにえ》にして〈防壁〉を造り、戦争を終わらせたんですね」

イディアは乾いた笑い声を漏らした。

「ンクラは、興味深い力なのだ。その力は絆《きずな》の強さに影響される。それが、正の絆か負の絆かは関係ない。二者間の絆が強ければ強いほど、多くのンクラが生まれるのだ。もっとも大量のンクラが発生するのは、愛する相手を殺したときだ。〈防壁〉が造られたのは、わたしを追い払うためではなかった。だが、わたしが計画に勘づいたのに気づいて、バイーアはわたしをあのなにもない世界へ追いやったのだ」

イディアは、闘志を失った体を木の幹に預けた。「バイーアは実の息子を殺した。にもかかわらず、なぜかわたしが物語の悪役になった」イディアは空を仰いだ。「だが、〈防壁〉が消えた今、〈防壁〉に縛りつけられていた息子の魂はついに解放され、死後の世界へいくことができた。わたしにはなにも残されていないとしても、それだけは成就したのだ」

マリクの胸に痛みが走った。〈霊剣〉で刺した傷とはまったく関係のない痛みが。そのあいだも、周りの世界はどんどん薄れていく。

「もうひとつ、きいてもいいですか？」

「死にかけた人間にしちゃ、よくしゃべるな」

「バイーアの血筋を絶やしたいんだったら、なぜ死んだ王女をよみがえらせるのに手を貸したんです？」

今度のイディアの笑いは本物だった。「死者は死者であり、どこまでも死者だ。生きている人間と死体《リチ》はまったくちがう」

マリクはブルッと震えた。古い物語のなかでは、死体《リチ》は、黒魔術で動く死体と大差ない。ファリードはあの炎で、どれだけ浅ましいものを生み出してしまったのだろう？

周りの世界はどんどんバラバラになり、今や無に近い状態になっていた。マリクは最後の力を振り絞り、もう一度支配権を手にする。レモンの木の枝がイディアのやつれ切った体を包みこみ、とうとう残すは顔だけになる。

「こんなことをしても意味はないぞ。わたしが支配権を握ろうと握るまいと、おまえが死ぬことには変わりない」イディアは疲れ果てたように言った。

いや、意味はある。ふたりのうち片方が、もしくはふたりともが息絶えたその瞬間に、血の誓いは効力を失う。マリクが死ねば、ナディアは自由になれる。それがわかっているから、死とむき合うことに恐怖はなかった。

マリクは自分の体のなかで最後にもう一度、目を閉じた。

アディルとしてではない。イディアとしてでもない。

マリク自身として。

第18章 カリーナ

嵐は自らの命を得て、もはやカリーナには、かん高い音を立てて吹きすさぶ風を制御することはできなかった。ズィーラーンははるか後方に遠のき、砂船は猛スピードで疾走している。エファはなんとか船をバラバラにすまいと必死になり、鼻から血を流している。カリーナはもう一度嵐を止めようとしたが、一本の糸でライオンの首をつなごうとするようなものだった。

「お願い、止まって」なにか手立てはないかと空を見上げるが、乾いた土に激しく降りそそぐ雨と、渦巻く黒雲があるだけだ。

「止まれ」カリーナはもう一度命令した。なにも起こらない。足元から砂船が裂けはじめる。危ない、とデデレイがさけぶ。カリーナは目をぎゅっと閉じ、嵐にむかって鎮まれと声を張りあげる。

と、嵐はやんだ。

砂船がいきなり止まり、三人は前へ投げ出された。嵐は消え、雲が流れるように去って、星座の海が現れる。エファは甲板に当てていた手を離し、ばったりと突っ伏した。

デデレイは小声で悪態をつき、エファの傍らにひざまずいて頬を叩《たた》いた。「ほら、起きて。大丈夫よ」

耐え難い数分が過ぎたのち、エファのまぶたが震え、うめき声とともにぱっと開いた。

「ラクダはきちんと世話をされていたら、一日十リットルのミルクを出すんだって」

カリーナはほっとして、思わずしゃくりあげた。今度ばかりは〈大いなる女神〉もカリーナの祈りに応えてくれたのだ。

デデレイがエファの顔の血をぬぐってやっているあいだ、カリーナは周りを見回した。三人がいるのは、星の光と砂の世界だった。ズィーラーンは地平線にぽつんと光る点でしかない。周囲にあるのは、見上げるような岩山と奇妙な光だけだ。だが、その光も、目の焦点を合わせようとじっと見つめていると、見えなくなった。

千年という年月を経て初めて、アラハリ家の者がズィーラーンを出たのだ。そして、そうなったのは自分のせいだ。カリーナは自分の両手を、恐怖と畏怖を持って見つめた。一族のもっとも大切な掟《おきて》のひとつを破ったことで、先祖に叱《しか》られるんじゃないかという、子どもっぽい考えが浮かぶ。

「またすぐに出発しないとならないけど、今は少し休まないと、死体になって旅をつづける羽目になる」デデレイが言い、エファを船の手すりに寄りかからせた。

「こんなことに巻きこんでごめんなさい」カリーナは言った。

デデレイは笑った。「たしかに、女王《スルタナ》を救うなんて、毎日あることじゃないわね。ワカマの試合のあと、あなたの侍女がわたしのところへこの計画を持ってきたとき、正直、胸が躍った。あの侍女は賢いわね。評議会は、騙《だま》されてアークェイシーの線を追っていたから、彼らより身分の低い者たちの動きには気づかないとわかっていた」

ズィーラーン人の偏見を指摘され、カリーナは恥ずかしさでいっぱいになった。彼らの偏った見方のおかげで命拾いをしたわけだが、だからといって、誇れることではない。

「あのライオンの人形のなかに入っていた人たちは、どういう人たち？」

「わたしの一族」デデレイはいったん黙ってから、つづけた。「あのなかで、うまく広場から逃げ出した者がいたかどうか、わかる？」カリーナが首を横に振ると、デデレイは重苦しいようすでうなずき、肩を丸めた。

「わたしたちはどこへむかってるの？」カリーナはたずねた。

「オソダイアィ。アークェイシーの都だよ」エファがようやく体を起こした。「姫さまにズーウェンジーだというのがどういうことか、教えることのできる人たちがいるの。特に姫さまは、力を持った霊の子孫でもあるからね」

自分も、エファのようにズーウェンジーと呼ばれることに抵抗がなくなる日がくるのだろうか、とカリーナは思った。「でも、もしわたしが本当にズーウェンジーなら、どうして最初に会ったときに、エファにはわからなかったの？」

「姫さまが自分の力を抑えこんでたから。だから、だれにも感じることができなかった」それから、エファはやさしくつけくわえた。「姫さまだけじゃないよ。ズィーラーンにはほかにも、自分の力を抑えつけているズーウェンジーがいる」

カリーナの鼓動が速くなった。ハミードゥ司令官の手から放たれた火柱を思い出したのだ。「近衛兵《センティネル》ね。近衛兵《センティネル》たちもズーウェンジーなのね。でも、エファにはそれとわからない」

エファはうなずいた。「近衛兵《センティネル》たちはみんな、魔法の力を肉体の感覚を高めるのに使っているから。だから、隠れているあいだに、ハミードゥ司令官にかけられた呪文を解いてあげたんだよ。だけど、ファリードとか、魔法のことがわかっている人間なら、同じことができちゃうはず」

カリーナはぞっとした。昔から、近衛兵《センティネル》の力とスピード、そして人間離れした動きにはなにか空恐ろしいものを感じていたのだ。カリーナの一族は、ズィーラーンが生まれたときから、そうしたことに手を染めていたのか。アラハリ家の者として生まれなかったら、魔法の力を持つ自分も生ける武器にされていたのかもしれない。この手で守ると誓ったその都によって。

デデレイはため息をついた。「つまり、十代の少女に夢中になってる暗殺者は、自分の手足となって働く魔法の軍隊を持ってるってわけか。状況はよくなる一方ね」

カリーナの背筋を震えが走った。意思のない奴隷として一生を送るなんて。自分の体に腕を回す。そして、エファとデデレイを見た。このふたりは、ろくにわたしのことも知らないのに、命を懸けて助けてくれたのだ。

「いつか必ず、このお礼はする」カリーナは誓い、デデレイはニヤッと笑った。

「今回のことと、わたしをソルスタシアから脱落させたことを合わせると、かなりの貸しがあるわね。手始めに、オソダイアィに着くまえにわたしの船をバラバラにしないようにしてちょうだいよ」

エファが休んでいるあいだ、デデレイは船の被害の状況を調べにいき、カリーナは船の後方へ歩いていって、ともにすわった。砂時計から落ちる砂の粒のように、記憶がひとつ、またひとつともどってくる。

つむじ風を起こして子守りを転ばせ、ハナーネを笑わせたこと。

家族以外の前で自分の力を使わないと、両親に約束したこと。力を悪いことに使わないと誓ったこと。

誤って稲妻を呼び出し、父《ババ》と姉の声を永遠に奪ってしまったこと。

すべてカリーナのしわざだったのだ。カリーナひとりの。

そして今、ハナーネの姿をした者が再び命を得てしまった。太古の法を犯して。カリーナはハナーネを失ってからほとんどずっと、一分でもいいからもう一度姉と過ごしたいと願ってきた。だが、それがかなった今、不吉な予感が膨らんでいくのをどうしても抑えることができない。

「お気に入りの水飲み場に小便でもされたみたいな顔をしてるね」

船のへさきから、巨大なハイエナが冷やかすような目でカリーナを見下ろしていた。カリーナはぎょっとしてあとずさった。体の表面で不気味な白いしるしが渦巻いているので、ふつうのハイエナではないことはわかる。だが、エファもデデレイもまったく反応しない。まるで見えてないみたいだ。

「今度はしゃべるハイエナ登場ってわけね」カリーナは表情を変えまいとしながら、ためを息をついた。「ま、もう驚かないけど」

「ハイエナっていうのは、あたしの名前だからね、動物のハイエナといっしょにしないでもらいたいね。だいたい、それが、あんたのちっぽけな嵐を止めてやった者に対する口の利き方かい？　力を操るすべを覚えないと、今にだれかを殺すことになるよ……『また』殺すって言ったほうが正確だろうね」

カリーナは唇をゆがめた。からかわれる気分じゃない。いくら相手が、生きる伝説だとしても。「もちろんわたしはあなたのことは知っていますけど、まるで会ったことがあるみたいに話すんですね」

ハイエナはヒヒヒヒヒと笑い、みるみるうちに人間の顔になって、オレンジオイルの香りのする立派な口ひげを生やした。カリーナは思わず体を起こし、トリックスターを改めて見つめた。

「〈踊るアザラシ亭〉の吟遊詩人！」カリーナはさけんだ。デデレイやエファは、カリーナがひとりでしゃべっていると思うかもしれないが、どうでもいい。「ぜんぶあなたのせいよ！　あんなくだらない本さえ読まなければ――」

「――読んでなくたって、おまえがファリードと呼んでいるユールラジーの魔術師に騙《だま》されて、儀式をやる羽目になったさ。それにおまえの魔法の力を取りもどすことも、〈防壁〉を破壊することもできなかっただろうね」ハイエナの顔はまた動物のハイエナの顔にもどった。「イディアは、おまえさんにバイーアに匹敵する魔力があると踏んでいたが、正しかったようだね。今朝、あの少年がイディアからもらった短剣でおまえを殺そうとしたとき、おまえのズーウェンジーの力が彼のユールラジーの魔法とつながったんだ。十年間抑えつけられていたソクラを一撃で解放し、〈防壁〉を圧倒するには、触媒が必要だったんだよ」

　マリクのことが話に出たとたん、ドキドキしはじめる心臓が憎かった。憎しみにしがみつき、彼への愛情がまだくすぶっている場所へ注ぎこもうとする。彼はユールラジーなのだ。つまり、彼は敵なのだ。敵を愛することなどできるはずがない。

「どうしてあの本をわたしに？」カリーナがたずねると、ハイエナはうつむいた。

「バイーア・アラハリに、不死のあたしが一生をかけても払いきれない借りがあるとだけ言っておこう」

「じゃあ、これからどうなるの？」

ハイエナは肩をすくめた。「たくさんの可能性があるね。おまえはオソダイアィに無事たどり着き、仲間と出会うかもしれない。もしくは、この砂船から飛び降りて、死ぬまで砂漠をさまようというのもありだね。可能性は無数だ」

ハイエナはぐっと前に身を乗り出した。バイーア・アラハリも初めてこのトリックスターと会ったときは、今のような恐怖を感じたのだろうか、とカリーナは思う。

「だが、ひとつだけ約束してやろう。どんな道を選ぼうと、おまえとあのユールラジーの少年の道はまた交わるだろう。おまえたちふたりは、そう、運命に結びつけられているのだ」

「どんな運命？」

「ズーウェンジーの少女よ、それを決めるのはおまえだ」

それを聞いて、カリーナは鼻先で笑いそうになったが、伝説の存在の前でそんなことをしたらまずいだろうと思いとどまった。だが、再びマリクと会うことがあれば、マリクの運命はただひとつだ。このこぶしで鼻の骨をへし折ってやる！「運命っていうのは、すでに決められていることっていう意味じゃないの？」

ハイエナのケケケという笑いで、船が揺れた。「だから、何世紀を経ても、おまえたち人間と関わるのはやめられないんだよ。おまえたちは、物事がどう決まるのか、まったくわかっちゃいない。かわいいじゃないか」

ハイエナは筋肉にぐっと力を入れて獲物に飛びかかるまえのような姿勢を取った。「じゃあ、ひとまず失礼しますよ、女王陛下《スルタナ》。次に会ったときに、おまえさんがどんな人間になってるか、じつに楽しみだねえ。あと、言っといてやるが、次はおまえの嵐を止めにきてやるつもりはないからね。これからのおまえさんの課題は、魔法の力をどう制御するかだね」

トリックスターは一声、ウォーンと吠《ほ》えると、船から飛び降りた。カリーナは船ばたに駆けよったが、ハイエナが飛び降りたはずの場所には砂があるだけだった。今の会話の意味はあらかたわからなかったが、どの物語を聴いても、ハイエナとの会話はどれも、そんなものだ。理解できたのは、いつか再びマリクと出会うということだけだった。そのことを思い出すだけで、視界が真っ赤に燃えあがる。

なんとか怒りを頭から追い払い、カリーナは前方へ目をやった。砂漠をはるか越えたジャングルのなかに、オソダイアィはある。アークェイシーの首都だ。そこで、エファが言っていた魔法を教えてくれる場所を探すのだ。だが、それより重要なのは、アークェイシー王に会うことだ。ソーナンディでズィーラーンに匹敵する軍隊を持つのは、アークェイシー王だけだ。ファリードと近衛兵《センティネル》たちを倒すとしたら、アークェイシー王を説得して、力を貸してもらうほかない。

「女王《スルタナ》さま、用意はいい？」デデレイが声をかけた。

カリーナが振り返ると、デデレイが船の舵《かじ》を握り、エファはかがんで両手を甲板に押し当てていた。手の周りに魔法の力が集まりつつある。そのうしろには、ズィーラーンがまだわずかに見えている。カリーナが生まれてからずっと暮らしてきた場所が。

いつかあそこへもどり、民が必要としている女王《スルタナ》になる。そして、かつて兄と呼んだ男を倒し、一族の正義を取りもどす。姉の顔をした怪物を生んでしまった儀式の過ちを正すのだ。

カリーナは過去に背をむけ、未来を見つめ誓った。目の前に世界が広がっている。彼女を待ち受けている。これから起こることへの期待が、風のなかで脈打っている。

「いいわ。いくわよ」

風を受けて船が進みはじめ、空の星がぼやけて、白い筋になる。カリーナは未知へむかって出発した。

第19章 マリク

死ぬのは、どんな分類をも拒む圧倒的な無のようなものだと想像していた。そうでなければ、氷のように冷たいヒルが張りつき、意識を吸い取られるようなものだと。けれども、実際に感じたのは、温かさだった。風の強い暗い夜に毛布の下へすべりこんだときのような温かさ。マリクは本能的にその温かさのほうへ手を伸ばした。悪夢を見て親へ手を伸ばす子どものように。すると、温かさがマリクをすっぽりと包みこんだ。

「ああ、やっと目が覚めたね」

マリクはぱっと目を開けた。新鮮な薬草の香りのする部屋にいた。両側にはベッドが並んでいる。枕元に腰かけている男が、マリクの額にひんやりとした布切れをのせた。起き上がろうとしたが、男にそっと押しもどされた。

「まだ体のほうが、変化についていっていないんだ。だいぶ無理をしたからね。しばらくは体を酷使しないほうがいい。体のなかにいる存在に慣れるまではね」

　この人にはまえにも会ったことがある。まちがいない。ファリード・シーバーリー、アジュール庭園棟に着いたときに迎えてくれた王家の家令だ。そして、閉会の儀のときにカリーナを女王《スルタナ》暗殺の犯人だと言った男。

　彼はユールラジー・テルラーのしるしを持っている。つまり、彼もマリクと同じ魔法を使うということだ。落ち着いた物腰とは裏腹に、男からは今にも爆発しそうなエネルギーがあふれ出していた。閉会の儀のときの激しい怒りと同じような。この男は危険だ。もしかしたら、イディアよりも危険かもしれない。

　そしてなぜか、彼はマリクの命を救うことを選んだ。

「どうしてぼくはまだ生きてるんです？」マリクの声はひどくかすれていた。何年も声を出していなかったみたいだ。胸の、〈霊剣〉を刺したところが痛む。人間があんな傷を負って、生きていられるはずがない。

「心臓は、刺されたあと数分は生きているんだ。その数分のあいだに、きみの魔法の力を弱めて昏睡《こんすい》状態にし、癒し手たちに止血させて、手当をした。ここ数日、きみはずっと眠っていたんだよ」

数日？　ナディアとレイラはどうなったんだ？　ぼくが死んでないって知ってるのか？　マリクはもう一度起き上がろうともがいたけれど、今度もまたファリードに、さっきよりも強い力で押しもどされた。

「どうしてぼくを助けた？」マリクは弱々しい声でたずねた。

マリクの額を布でぬぐいながら、ファリードは答えた。「最初に会ったときから、きみの正体には勘づいていた。だが、確信したのは、第二の試練のときだ。ほかの者たちは風変わりな芸当だとしか思っていなかったが、わたしには、あれが使いこなせるようになるには何年もかかる強力な魔法だとわかったよ。数十年かけてユールラジーの魔法を研究してきたが、生まれながらにあれだけの力を持っている語り手には出会ったことがない」ファリードは首を振った。「わたしはずっと、わたし以外のユールラジー・テルラーの子孫を探しつづけてきた。今になって、ふたりも自分からわたしの都にやってくるとはね」

驚いて息を吸いこんだひょうしに、胸に痛みが走り、後悔する。「姉はどこだ？」

「この宮殿にいる。きみが目覚めたと、伝えるよ。閉会の儀のまえにきみたちを牢《ろう》へ入れたことについては謝る。だが、われわれの目の届く安全なところに置いておきたかったのだ」

この男にとって、安全なところというのは牢なのか？　自分が言っていることがわかっているのか？

「あの象牙の鎖はぼくの魔力を封じた」頭のなかでパズルの駒が組み合わさっていく。「あれを作ったのはあなたですね。それと、第一の試練のとき、ぼくの力を抑えこんだのも」

ファリードはうなずいた。「ああ、それもわたしだ。きみの魔法は幻という形で現れる。一方、わたしは、われわれみなを縛っているンクラの糸を引き寄せることができるんだ。カリーナのことは生かしておく必要があった。よみがえりの儀式のために王の心臓が必要だったからね。だが、きみにはまだ正体を明かすわけにはいかなかったんだ。ケヌア帝国の滅亡後もユールラジー・テルラーの子孫が生き残っていてくれればと思っていたが、これまでのところ、わたしが出会ったのはきみときみの姉上だけだ。きみは唯一のユールラジーということになる」

ファリードは、太古の魔術の話ではなく、まるで天気のことでも話しているように淡々と話した。マリクはいつもの発作が起きかけているのを感じたが、なんとかファリードから目をそらすまいとした。

ファリードは明かさぬままの秘密を滴らせながら、にっこりと微笑《ほほえ》んだ。「きみのズィーラーン語はとても上手だが、わずかに西のほうの訛《なま》りがあるね。エシュラの訛りじゃないかな？　きみの民はズィーラーンに守護神信仰を強制されるまえは、独自の神々を信じていたのではないか？」ファリードは軽蔑を隠さない目で、自分の手のひらに刻まれた月の紋印をなぞるように見た。「われわれユールラジーの先祖は、火や水といった自然の力を神々として信仰することに異議を申し立てたが、ズーウェンジーたちに否定されてしまった。そこで、われわれの先祖たちはケヌア国を興し、世界一の帝国に築きあげたんだ」

ファリードは手に持った布切れを置いた。「マリク、きみとわたしは、自分たちが正しいと思う形に現実を変えることができる。きみの物語を紡ぐ力とわたしのンクラを操る力を合わせれば、この世界をバラバラにして、よりよいものに作り替えることさえできるんだ。そうすれば、二度と愛する者を奪われることもない。そのために、わたしはイディアを探し出し、魔法について知るべきことをすべて学んだ。それを、きみに教えることができる」

マリクはどう答えたらいいのか、わからなかった。ンクラ？　ズーウェンジー？　守護神たちは本当の神ではない？　いっぺんに理解することなど、到底できなかった。そもそも、今は、姉と妹を見つけたいということだけで頭がいっぱいなのだ。マリクが答えないでいると、ファリードはにっこり微笑み、立ち上がった。「もちろん、今すぐ返事をしなくてもいい。あとで、またようすを見にくるから、そのときにきみの考えを聞かせてほしい」

ファリードが出ていくと、マリクはじっと天井を見つめた。もうこれ以上なにかする力は残っていなかった。周りの凝った装飾を眺めながら、クサール・アラハリは、アラハリ家の者がいなくなってもまだクサール・アラハリと呼ばれるのだろうかと考える。

いや、正確にはそうじゃない。アラハリ家の者はまだひとりいる。

あの死体は、わたしの血を引く者ではない。体のなかでイディアが吠《ほ》えた。大蛇は縛《いまし》めから逃れようと体をゆすり、マリクの体もつられて震えるが、すぐにまた、主導権を取りもどす。そのまま数分間、じっと横たわったまま恐怖と闘う。もし眠ったら、〈顔なき王〉にまた体を乗っ取られるかもしれない。そのとき、だれかが病室に入ってきた。

レイラは枕元に駆け寄ったが、数メートル手前で立ち止まり、不安そうに弟を見つめた。鎖でつながれたライオンを見るように。

今はおとなしいが、脅威であることは変わらないライオン。

「気分はどう？」レイラはたずねた。

その質問には、とてもひと言では答えられなかった。ファリードへの恐怖。イディアと体を共有するようになった今、どんな人生を歩むことになるのだろうという怖れ。自分の真の力への好奇心。イディアを止めるために、もっとできることがあったのではないかという後悔……。

「いいよ」マリクは嘘《うそ》をついた。

レイラはうなずいた。「あと……」最後まで言う必要はなかった。マリクには、姉の言いたいことがわかった。イディアを縛ることができたなら、ナディアはどうなったのか？

ナディアはどこだ？　マリクはイディアにたずねた。体のなかで大蛇が暴れているのを感じる。皮膚の奥深くに食いこんで取れないトゲのように。

自分で見つけるんだな。イディアは嚙《か》みつくように答えた。マリクの指に痺《しび》れが広がっていく。大蛇が自由になろうともがいている。だが、マリクはこらえた。最後の力を振り絞って、イディアの思考をふるいにかけ、千年分の怒りと悲しみをかき分けて、最近の記憶のなかから虚空をさまよう小さな人影を探す。イディアの力を——いや、今や自分のものとなった力を呼び出し、この世界とイディアの世界のあいだの境界を打ち破ろうとする。「ナディア」妹の名を呼び、両腕を大きく広げる。うまくいく。うまくいくはずだ。うまくいかなければ、これ以上持ちこたえられない。

「きてくれると思ってた」ナディアが眠そうに言う。ナディアの小さな手が、マリクの服をぎゅっとつかむ。離したら、虚空へ落ちてしまうというように。

でも、落ちたりしない。たとえ落ちたとしても、マリクがちゃんと受け止めることは、ふたりともわかっている。

姉と妹とマリクは、オーボアにいたころのようにすっぽりと毛布に包まれる。マリクとレイラはナディアにソルスタシアのようすを細かいところまで話して聞かせる。六歳の子どもには適当でないところは抜かして。うん、殿下は本当に銀色の髪をしていたよ、ええ、本当に頭くらいの大きさのレモンパイが売っていたわ。

いつか、この一週間になにがあったか、すべて話して聞かせることになるだろう。でも、今はまだだ。

マリクが最後の試練の話を始めるころには、ナディアはぐっすり眠っている。よだれが垂れて、溜《た》まっている。そのあと、マリクとレイラは、ファリードの提案について話し合う。ズィーラーンに留まる利点と問題点をひとつずつさらっていく。やがて、レイラも眠気に負け、ナディアの小さな手を握りしめたまま眠る。マリクはふたりが眠っているのを眺め、穏やかな気持ちとは言えないまでも、長いあいだ味わっていなかった安らぎを感じる。

再び枕に頭を載せると、〈しるし〉が手の甲にもどってきたのを見て、驚く。血の誓いが達成された今、タトゥは消えるのだと思っていた。だが、これもまた、ソルスタシアを機に永遠に変わったことのひとつなのだろう。

姉と妹を起こさないよう小声で、マリクは一輪のタンポポの幻を紡いでいく。故郷の畑にたくさん生えていたのと同じように鮮やかな色をしている、やがて一枚、また一枚と、花びらが消えていくが、甘い香りはいつまでも残っていた。

物語を紡ぐ力。マリクが創り出す幻のことを、ファリードはそう呼んでいた。

ファリードが自分と自分の力を悪用するだろうことは、今から想像することができた。ケヌア人たちが人々を奴隷にし、ソーナンディに恐怖を解き放ったことであまねく憎まれているのには理由があるのだ。

だが一方で、マリクの紡ぐ物語に耳を傾ける人々の純粋な喜びの表情は忘れることができない。この力を使うことで、どれだけ自分が安らぎを感じるかも。ユールラジーの魔法には、物語で語られている以上のなにかがあるのではないか。

第二の試練のとき、わずかな練習だけであれだけの幻を生み出すことができたのだから、ファリードの訓練を受けたらどれほどのことができるだろう。

どれほどの者になれるだろう。

ナディアをそっと横向きにしてやり、よだれが胸に垂れないようにしてやる。窓の外を眺め、カリーナが逃げるときにもたらされた被害に初めて気づく。ズィーラーンの都はひどい状態だった。カリーナの嵐は、三分の一近い建物を破壊していた。今では澄んだ青空が広がっているが、水に沈んだ通りや壊れた建物や崩れた塀に、カリーナの魔法の傷跡が残っている。それを見て、マリクの胸は痛んだ。人々が失われたものを再び手にするには、何か月も、いや何年もかかるだろう。だがそれでも、カリーナがどこにいるにしろ、無事であることを祈らずにはいられなかった。

破壊された都のむこう、地平線のエシュラがある方向へ目をむける。いずれ母さん《ママ》と祖母《ナナ》と合流して、自分たちの家を取りもどす方法を考えなければならない。

でも、今は、マリクの家族を襲った悲劇よりはるかに大きなことが起ころうとしている。

千年以上の月日をかけて、じわじわと醸成されてきたことが。好むと好まざるとに関わらず、マリクと姉妹たちはそのただなかに放りこまれたのだ。ここでは、だれにも守ってもらえない。自分たちでやっていくしかないのだ。

中庭をさっと銀色の髪が横切ったのが見えたと思った瞬間に、また消えた。うしろから足音が近づいてきて、振り返ると、ファリードが部屋の入り口に立っていた。ナディアがいるのを見て驚いたとしても、家令はそれを表情には出さなかった。

「決めたかな?」ファリードはたずねた。

口を開いたマリクの声に、もう怯《おび》えはなかった。

「あなたが知っていることを教えてほしい」

〈Ⅲにつづく〉

あとがき

ソーナンディと呼ばれる大陸にひろがる広大な砂漠。そのほぼ真んなかに位置する都市国家ズィーラーンは、銀色の髪を持つ王族アラハリ家が支配している。栄華を誇る都で五十年に一度開かれる祭〈ソルスタシア〉を祝うために、ソーナンディじゅうから人々が集まってくるところから、この壮大な別世界ファンタジーは幕を開ける。

ズィーラーン人が信仰するのは、〈大いなる女神〉と呼ばれる神だ。女神のもとには七人の神がおり、人々は生まれた曜日に基づいて、それぞれ〈太陽〉〈月〉〈風〉〈地〉〈水〉〈火〉〈生命〉の神殿に属することになる。神以外にも、〈陰の民〉やトリックスターの〈ハイエナ〉など人外の存在もいるが、初代女王《スルタナ》バイーア・アラハリの時代から千年が経《た》った今、そうした存在や魔法は迷信として遠ざけられつつあった。

しかし、マリクは小さいころから〈陰の民〉を見ることができた――見えてしまうと言ったほうが正しいかもしれない、そのためにまわりに疎まれてきたのだから。マリクはエシュラと呼ばれる山岳地帯の民で、ズィーラーン人からは二級市民として差別されている。貧困と紛争に疲弊したエシュラの人々には、故郷を離れ、難民として暮らさざるをえなくなった者も多い。マリクも姉のレイラと妹のナディアと共に砂漠をわたる苦しい旅を経て、祭でにぎわうズィーラーンでなんとか仕事の口を見つけようとしていた。

一方の都では、今日もまた王女カリーナが愛器ウード（アジア南西部やアフリカ北部の弦楽器）を手に宮殿から抜け出していた。賢く優れた統治者として名高い現女王《スルタナ》ハヤブサとちがい、娘のカリーナははねっかえりで、まじめすぎるほどまじめな宮廷の家令ファリードの悩みの種だ。十年前の謎の火事で父と姉ハナーネが亡くなった今、カリーナが唯一の王位継承者だが、彼女には別の夢があった。いつかこの窮屈な都ズィーラーンを出て、世界を見るのだ。

なにひとつ接点などないマリクとカリーナ。しかし、そんなふたりが出会ったことから、ズィーラーン、いや、ソーナンディ全土の運命の歯車が回りはじめる……。

作者のローズアン・A・ブラウンさんは、この本を書いた動機をたずねられ、こう答えている。

わたしはいつもファンタジーが大好きでしたが、ファンタジーのほうがいつもわたしを愛してくれるとはかぎりませんでした。黒人の女の子を主人公にしたファンタジーを見つけるのは、ほとんど不可能だったのです。わたしは、ファンタジーに描かれる壮大なアクション、冒険、ロマンス、魔法、裏切りのすべてが詰まっている物語を読みたかった。それと、同時に、わたしが共に育ってきたような人々に近い人物や文化が登場する物語を望んでいたのです。そして、本書のアイデアが生まれました。

自分を投影できる主人公の物語が読みたい、というのは、自然な感情だろう。ナイジェリアの作家アディーチェが「シングルストーリーの危険性」という講演で、子どものころ、イギリスの物語ばかり読んでいたので（＝黒人が主人公の物語は手に入らなかったので）、当時自分で書いた物語の登場人物は、「みな青い目をした白人で、雪遊びをして、リンゴを食べていました」とユーモアを交えて紹介している。

ル＝グウィンが「ゲド戦記」を書いたときに子ども読者から受け取ったという手紙のことも忘れられない。「多島海《アーキペラゴ》の人々が白人ではないと知って、自分も文学や映画のファンタジーの世界の一員だと初めて感じたとかかれていました」と、『いまファンタジーにできること』（河出書房新社）で回想している。

こうして、ブラウンさんは自分が読みたかった「（アクションから裏切りまで）すべてが詰まって」いて、「共に育ってきたような人々に近い人物や文化が登場する」物語を自、分、の手で書いた。西アフリカの神話を下敷きに、サハラ砂漠横断交易路にあった十一〜十二世紀の王国をモチーフにして創り出したという別世界は、西欧の竜と剣の魔法ファンタジーとは一味も二味もちがう。灼熱《しゃくねつ》の砂漠に眠る魔法は、猛々しくて容赦なく、また単純に善悪をつけることはできない。

主人公に課せられた運命もまた苛烈だ。物語はマリクとカリーナ双方の視点で交互に語られる。魔法と運命により、ふたりは互いの命を奪わなければならない立場に追いこまれつつも、惹《ひ》かれ合うことになる。

マリクは決断力もなく、弱気で、これまで「男らしさ」と考えられてきたものとはおおよそ無縁の少年だ。しかし、姉妹への愛、共感力と思いやり、そしてある種の勇気をもって、運命に抗《あらが》おうとする。一方のカリーナは、気性が激しく、自分勝手で奔放だけれど、目的に向かって突き進む強さと情熱を持った、やはりこれまでの「女らしさ」とは対極にいる少女と言えるだろう。ふたりの心の内を知る読者はやきもきしながら、彼らの運命と想いの行く末を見守ることになる。千年前の伝説の真相、眠れる魔法の謎、登場人物たちの意外な正体など、ページをめくる手を止めることはできないはずだ。

本書『ズィーラーン国伝Ｉ　神霊の血族』『ズィーラーン国伝Ⅱ　王の心臓』は『A Song of Wraiths and ruin』の全訳である。つづけて、『A Psalm of Storms and Silence』を『ズィーラーン国伝Ⅲ&Ⅳ』としてお届けする予定だ。こちらも、異彩を放つ別世界ファンタジーであり、手に汗握る冒険物語であり、驚きの謎が明かされるミステリーであり、切なさに胸焦がすロマンスとなっている。どうぞお楽しみに。

最後に、四六六ページの大作にずっと寄り添ってくださった編集の北智津子さん、すばらしい装画を描いてくださったNaffyさん、美しい本に仕上げてくださったデザイナーのカワチさんに心からの感謝を！

三辺律子

二〇二四年六月

ローズアン・A・ブラウン　Roseanne A. Brown
アメリカの作家。ワシントン郊外在住。ガーナで生まれ、3歳の時にアメリカに移住。メリーランド大学でジャーナリズムを学ぶ。また、同校で、短編小説、詩、脚本の創作を学ぶ、ヒメネス＝ポーター・ライターズ・ハウス・プログラムを修了。デビューとなる本作がニューヨーク・タイムズでベストセラーとなる。石川県能美市で、外国語指導助手を務めていたこともある。

三辺律子　Ritsuko Sambe
東京都生まれ。英米文学翻訳家。白百合女子大学、専修大学講師。主な訳書に「ドラゴンシップ」シリーズ（評論社）、「龍のすむ家」シリーズ（竹書房）、『最後のドラゴン』（あすなろ書房）、「オリシャ戦記」シリーズ（静山社）など。共編著書に『BOOKMARK　翻訳者による海外文学ブックガイド 1&2』（CCC メディアハウス）などがある。

ズィーラーン国伝II
王の心臓
二〇二四年七月三〇日　初版発行

著　者　ローズアン・A・ブラウン
訳　者　三辺律子
発行者　竹下晴信
発行所　株式会社評論社
〒162-0815　東京都新宿区筑土八幡町 2-21
電話　営業 03-3260-9409
編集 03-3203-9303
https://www.hyoronsha.co.jp
印刷所　中央精版印刷株式会社
製本所　中央精版印刷株式会社

ISBN978-4-566-02482-3　NDC933　p.328　188㎜ × 128㎜